KB070267

공지영 에세이

시인의
밥상

한겨레출판

2부 지상의 슬픈 언어를 잊는 시간

3부 벚꽃 흐드러진 계절에 삼킨 봄

4부 시린 가슴 데우는 별 같은 '사람 밥상'

1부

엄마의 따뜻한
손길
같은 것

식물성 밥상이 가르쳐주는
인생의 원리
품위 있는 호박찜과 호박국

결국 이 여름이 가기 전에 나는 또 지리산으로 가고 말았다. 내가 쓴 책《지리산 행복학교》이후로 우리들은 좀 소원했다. 지리산의 시인들은, 심지어 최도사까지 돌연하고 끈질긴 방문객들에 의해 괴로움을 겪고 있었다. 나 역시 나대로 한때 나 혼자만이 그 반짝이는 것을 알고 있었던 별에 '소유주 125B'라는 이름이라도 붙은 듯 공연히 지리산이 서운했고 멀게 느껴져왔던 것이다. 그런데 나는 왜 또 거기로 갔을까? 글쎄 이렇게 말할 수 있을까? 오래전부터 나는 버들치 시인 박남준 그가 사는 법을 사람들에게 알리고 싶었다고.

나는 그가 찻잔에 (가끔은 소주잔에) 언제나 매화 한 잎을 띄우는 거며(그러면 냉동실에 있던 새끼손톱만 한 매화가 찻잔 속에서 순식간에 오므렸던 꽃잎을 펴고 피어난다), 그가 손으로 실을 엮어 매달아놓은 크리스마스트리의 방울처럼 예쁜 곶감이며, 그의 집 부엌 겸 거실에 있는 돼지저금통(거기에는 이런 말이 쓰여 있다. '저에게 먹을 것을 주세요. 북한 어린이들을 도울 거예요') 같은 것들을 사람들에게 소개하고 싶었다. 세 칸짜리 누옥인 그의 집에서 그가 가난과 둘이서 오순도순 살아가는 그 풍성한 풍경을 말이다.

지리산에 드나드는 자칭 음유시인이고 타칭 목사인 어느 사람이 한때 이런 말을 한 적이 있었다.

"안젤리나 졸리의 외모에 박남준의 요리 솜씨를 가진 여자라면 내 당장 결혼하겠소."

솔직히 그런 여자가 왜 자기하고 결혼해야 하는지 알 수 없지만 아무튼 박남준의 요리 솜씨는 먹어본 사람 모두가 엄지를 치켜세울 만큼 좋았다. 엄지를 치켜세우는 이유는 입으로는 옆 사람이 다 먹어치우기 전에 음식을 계속 먹어야 했기 때문이다.

우리가 도착한 날은 초가을 햇살이 풍성한 날이었다. 마당에는 모싯빛의 햇빛이 쏟아져 내리고 대소쿠리에서는 꽃보다 붉은 고추가 마르고 있었다. 시인의 창 앞의 윈드차임은 여전히 우아한 소리를 내고 있었고 꽃무릇은 붉었다. 새로 뿌린 무는 성냥개비만 한 싹이 돋았는데 시인은 무가 싹을 틔운 그 밭에 모기장을 쳐놓았다. 그렇다, 모기장 말이다. 아기들에게 쳐주는 그 모기장. 시인에게는 어쩌면 그 어린 무 싹들이 아기들처럼 소중했는지도 모른다.

시인은 우선 밭에 가서 호박을 땄다. 우리가 조선호박이라고 부르는 아기 머리통처럼 동그랗고 윤기 나는 호박 말이다. 내가 물었다.

"이상하게 나는 호박을 못 키워. 매년 호박이 안돼."

그러자 호박을 따서 씻던 시인이 무심히 대답했다.

"거름이 부족한 게지."

"아니야, 심기 전에 퇴비 주고 고양이 똥 삭힌 거랑 우유 남은 거 이런 거 주는데 잎만 무성해서 무슨 칡덩굴처럼 2층 창까지 올라갔어."

그러자 시인이 피식 웃었다.

"첫 순을 따버려야지."

내가 의아한 표정을 짓자 평상에 앉아 따박따박 호박을 썰던 시인이 다시 대꾸했다.

"거름이 너무 많아도 농사가 안돼. 쉽게 말하면 먹을 게 많은데 왜 애쓰며 꽃피우고 열매를 맺겠느냐고. 순지르기라는 걸 해서 첫 번에 세상이 녹록지 않다는 걸 확 보여줘야 하는 거야. 그러면 '아, 세상이 그리 녹록지 않구나. 우리 세대는 힘들 것 같으니 다음 세대에 기대를 해보자' 하고 호박이 꽃도 피우고 열매도 맺지. 사람하고 똑같아."

시인은 마치 호박으로 분한 유치원 선생님처럼 아기 호박 같은 얼굴과 표정, 목소리로 말했다(이 시인은 가끔은 사과나무, 가끔은 매화, 그리고 자주 버들치로 분한다). 순간 기분이 아주 이상했다. 고통, 역경…… 이런 것들이 우리 생에 필요하다고, 심지어 아주 중요하다고, 반드시 그것을 통해서만 우리는 성숙한다고 나는 누누이 썼고, 말해왔다. 그런데 심지어 성장의 거름이 고통이라는 진리가 사람이 아니라 식물, 호박에까지 이르는 우주적 원리였단 말인가. 호박에게도 고통은 정녕 필요했다는 말인가. '내비도'(내 버려둬) 교주 최도사가 내가 오랜만에 지리산에 온다고 잠잠산방에서 내려왔다가 마당으로 들어섰다. 담뱃값이 오르자 '드러워서라도' 담배를 끊겠다던 그는 아직도 담배를 끊지 못하고 평상 옆에 앉아 곰방대에 담배를 눌러 피우며 킥킥 웃었다.

"지영이 너는 아이들은 강하게 키워야 한다고 고생도 시키고

그러는 거로 아는데 호박은 과보호를 했구만그래. 애나 호박이나
같은 것이여."

이게 바로
지리산의 맛

　시인은 호박을 반으로 가르고 다시 반으로 갈라 사분한 다음
5밀리미터 정도의 두께로 썰었다. 그리고 새우젓으로 밑간을 해
서 마늘 다진 것, 양파 다진 것, 푸른 고추 다진 것을 넣고 마지막
에 붉은 고추를 어슷어슷 올렸다. 마치 푸른 잎사귀 위에 핀 꽃처
럼. 냄비 뚜껑을 닫고 처음엔 센 불로 조리하다가 한 김 오르면
중간 불로 뭉근하게 익힌다. 호박이라면 소금에 살짝 절였다가
들기름에 볶아 먹을 줄만 알았던 내게 이 쉬운 요리는 정말 신선
한 것이었다.
　"나는 기름이 싫어, 단것도 싫고. 나는 화학조미료는 먹을 수가
없어."
　시인이 늘 하는 말이다. 시인은 쌀뜨물을 받아 된장을 풀고 호
박 남은 것을 넣어 호박국을 끓였다. 늙은 오이를 반으로 갈라 속
을 깨끗이 파내고 송송 썰어 소금에 절였다. 조금 있다가 한 숨

죽은 늙은 오이는 고춧가루와 파, 마늘 그리고 간장에 무쳐질 것이었다. 여기에는 참기름도 두어 방울 들어가겠지. 원래는 묵나물밥을 하고 싶었다던 시인은 묵나물이 없다면서 마당에서 깻잎 서너 장을 따서 송송 썰어 넣고 밥을 지었다. 시인이 호박국을 끓이고 밥을 안치고 늙은 오이를 무치는 동안 나는 괜히 최도사를 꼬였다.

"우리끼리 사진 찍고 음식 하니까 최도사 형 너무 심심하지? 소주 한잔 줄까?"

당연히 최도사는 거절할 리가 없고, 우리는 초가을 볕이 푸짐한 평상에 앉아 소주를 마셨다. 투명한 가을 햇살이 꿀꺽꿀꺽 목으로 넘어가는 듯했다. 서울에서 가져온 안주용 과자 몇 개를 내놓고 낮술을 마시니 골짜기 저쪽에서 서늘한 바람이 솔솔 불어오고 '그래, 바로 이게 지리산의 맛이야' 하는 생각에 흐뭇한데, 시인이 한 김 올라 완성된 초록색 호박찜에 빨간 고추 고명을 얹어 내밀었다.

"우선 밥 먹기 전에 안주로 조금 먹지그래."

나는 젓가락을 들어 호박찜의 호박 하나를 입에 넣었다. 호박을 쪄봐야 뭐 호박이겠지 하는 선입견도 있었을지 모르겠다. 그런데 순간 내 입에 퍼지는 달큰하고 따뜻하고 순한 향기. 놀랍게도 이 음식은 음식으로서 엄청난 품위를 간직하고 있었다. 나는 나도 모르게 안주용 과자를 내 앞에서 치워버렸다. 돌연하고 무의식적인 행동이었다. 갑자기 그 과자를 플라스틱처럼 느끼게 하는 무엇이 이 순한 호박찜 속에 있었다. 그리하여 그날 저녁 나는 호박찜과 호박국 그리고 깻잎을 넣은 밥과 늙은오이무침이 올라간 밥상을 받았다. 고백하건대 내 평생 받아본 밥상 중에 최고로 식물성인 밥상이었다. 그런데…… 참으로 맛있었다.

나는 내가 여기로 와서 시인의 밥상을 받기로 한 결정이 잘한 것이라고 생각했다. 어떤 작가의 말처럼 "소박한 밥상이 결국 우리를 살릴" 거라는 것도 예감했다. 무엇보다 내가 다달이 지리산을 찾을 핑계가 생긴 것이 기쁜지도 모르겠지만 말이다.

일곱 달 차이 두 사내의 동행

아삭아삭 콩나물국밥

늘 무던하고 순하다고 본인이 주장하는 바이지만, 버들치 시인 곁에 있는 사람은 피곤할 때가 많다. 예를 들어 지난번에 그 집에 가니까 시인이 후배에게 잔소리를 하던 끝에 하는 말이, "거기서 비켜서. 네 그림자 때문에 꽃이 햇빛 못 받잖아" 이런다. 처음에는 내 귀를 의심했다. 후배가 겸연쩍게 날 보고 웃으며 말했다.

"괜찮아요, 버들치 형은 가끔 나보다 꽃을 더 아껴요."

그러자 옆에서 곰방대를 물고 앉았던 '내비도' 교주 최도사 형이 한마디 거들었다.

"가끔이 아니라 늘 그렇지."

그런데 이번 방문에 그 최도사 형이 보이지 않았다. 나는 지난번 호박찜을 할 때의 일이 조금 마음에 걸렸다. 버들치 시인이 마늘을 까면서 "호박을 하나 따 와야 할 텐데" 하고 혼잣말을 하자 슬그머니 일어선 최도사 형이 지붕 위로 올라간 것이었다. 언제 저렇게 동작이 빨랐나 싶게 올라가더니 젊지도 늙지도 않은 호박을 세 개 따서 소쿠리에 담아가지고 왔다. 그러고는 너무 고마워하지는 말라는 듯이 퉁명을 부리며 "지영아, 옜다, 이거 버들치 형 줘라" 하는 거였다. 그 순간 내 곁에 있던 버들치 시인의 얼굴이 그야말로 애호박처럼 파랗게 변하더니 이어 늙은 호박처럼 붉어졌다.

"누가 이거 따 오랬어? 애호박 따야지. 이거 추석 지나고 서리 맞게 해서 내가 떡 만들려고 애지중지 지붕에 고이 모셔둔 호박인데!!!"

버들치 시인의 노여움은 정말 컸다. 최도사의 거무튀튀한 얼굴도 창백해지며 회색으로 변했다.

"눈깔이 있어, 없어? 이노무 %^%&*#~~" 나는 시인이 그렇게 욕을 잘하는지 처음 알았다. 아무리 그래도 호박 가지고 사람을, 싫어서 나도 좀 화가 나는데 최도사 형은 쭈그리고 앉아 고개를 푹 숙이고 아무 말도 안 했다. 누구에게도 허리 굽히기 싫어서, 이 산골에 들어와 무소유를 자랑하며 사는 그가, 토지문학관 주차요원을 하다가 벤츠를 탄 아줌마에게 퉁명스레 했다는 이유로 해고당하고도 전혀 기죽지 않던 그가, 이상하게 버들치 시인 앞에서는 늘 이랬다. 나이 차이가 한 살, 정확히 일곱 달이라는데 해도 너무한다 싶었다. 버들치 시인은 이야기를 계속했다. 그의 말을 듣다 보니 벌써 그 호박으로 떡이 몇 말 나오고 벌써 이웃들과 아랫동네 노인들이 흐뭇하게 떡을 즐기다가 여생을 편히 보내고 돌아가시고도 남을 것 같았다. 버들치 시인이 다시 부엌으로 들어가자 내가 최도사 형을 꾹 찔렀다. 괜찮으냐는 뜻이었다. 그러자 최도사가 씨익 웃었다. 그러고는 말했다.

"내비도! 지 똥 굵다잖아!"

나는 가끔 최도사가 정말 도사 같을 때가 1년에 서너 번 있는데 이때도 그랬다. 우리는 둘이서 킥킥 웃었다. 그런데 그 최도사가 보이지 않았다. 내가 묻자 버들치 시인이 대답했다.

"최도사 지금 전국 집시 축제 때문에 강릉 갔어."

"뭐? 무슨 축제?"

"전국 집시 축제! 말이 집시지, 그지 축제지 뭐. 최도사가 하동

대표로 매년 가잖아."

참 내가 지리산 내 친구들이 재미나게 사는 줄은 진작 알았지만 이렇게 전국을 누비며 가지가지로 재밌게 사는 줄을 그때 알았다.

아침에 눈뜨면
생각나는 그 맛

버들치 시인은 콩나물을 내밀며 좀 다듬으라고 했다. 나는 가을볕이 푸짐한 평상에 앉아 콩나물을 다듬었다. 버들치 시인은 내 옆으로 도마를 가지고 와 앉았다. 시인이 가져온 바구니 속에는 붉고 푸른 고추와 파 그리고 마늘이 담겨 있었다. 시인의 도마질 소리가 멈출 때마다 집 옆으로 흐르는 개울물 소리가 났다. 멀리서 산새가 울고 가끔 감나무 이파리가 흔들리는 소리가 들리곤 했다.

한번은 지리산에 왔는데 버들치 시인이 가까이 있으니 그리로 오라고 했다. 찾아가니 산세가 아름다운 동네였다. 그런데 어떤 집에서 '난리 부르스'가 벌어지고 있는 게 한눈에 보였다. 모 영

결론을 말하면,
나는 지금까지도 집에서 자주 이걸 해 먹는다.
아침에 눈뜨면 이 국밥이 생각난다.
잊지 마시라. 포인트는 찬물에 담근 콩나물이다.
그 아삭거리는 식감이다.

화감독이 이 지리산에 새로 둥지를 틀게 되어 집들이를 한다는 거였다. 그 집들이가 2박 3일째 계속되고 있었던 거다. 그 집에 들어서는 순간 나는 이 사람들이 모두 다 제정신이 아니란 걸 알았다. 2박 3일 술을 마신 사람들 틈에서 맨정신의 사람이 얼마나 이상한 취급을 받는지 알 분들은 다 아시리라. 나는 술은 좋아하지만 그런 분위기는 질색이라 그날 줄행랑을 쳤는데, 나중에 소식을 들으니 그분은 그 집들이가 끝나는 즉시 마을에서 바로 쫓겨났다 한다.

나는 콩나물을 다듬고 버들치 시인은 도마질을 하고 바람은 달콤하기에 내가 물었다.

"형, 그 영화감독 쫓겨났다며? 그래서 어디로 갔어?"

버들치 시인은 여전히 그 느릿한 어투로 대답했다.

"응…… 쫓겨났지, 집들이 끝나자마자. ……그래서 그 형이 어디로 갔느냐면……."

나는 마음을 다졌다. 일전에 버들치 시인이 모 재벌그룹의 커다란 유조선을 타고 시인들과 함께 유럽을 가는데 배에 불이 난 적이 있었다. 구사일생으로 돌아온 그를 방문해 위로하며 그때 이야기를 듣는데 하룻밤이 다 가도록 불이 나지 않았다(나는 아직도 그 이야기를 다 모른다). 옆에서 궁금해하던 사람들이 "아니 그래서 어떻게 됐어? 불이 어디서 시작된 거야?" 하고 물으면 그는 "야아~ 가만 좀 있어봐. 이 이야기를 마저 다 들어야 불이 어떻게 시작됐는지 알게 돼" 하며 다시 느리게 이야기를 하다가 밤이 이슥해 듣던 사람들이 다 곯아떨어지도록 아직 불이 날 기미도 없어 다음 날 누구도 다시는 불에 대해 묻지 않았던 유명한 일말이다. 그래서 나는 별로 궁금하지 않은 일만 그에게 묻곤 했다. 아니면 복장이 터져 그와 절교를 했으리라. 내 생각에 영화감독이 그 집에서 쫓겨나는 데까지 들으면 오늘 우리의 메뉴인 콩나물국이 완성될 거 같았다. 버들치 시인이 말했다.

"그래서 거기서 쫓겨나가지구…… 그 감독이 에이…… 참, 사람들 사는 데 더럽다. 나는 사람이 싫어! 이러면서 더 깊은 산골로 간다고…… 지리산 꼭대기로 올라가서 폐가에 들어갔어. 어느 날 어떤 여자가 하룻밤 재워달라고 온 거야. 그래서 그 감독은 그 여자와 정분이 나서(이 오래된 단어라니!) 같이 살게 되었어. 그래서 그 여자가 사는 서울 시내 아파트로 이사 갔어."

나는 잠시 멈칫했다. 이렇게 빠른 이야기 전개방식에 적응할 시간이 좀 필요했기 때문일까? 그리고 잠시 후 내가 배를 잡고 웃었다. 그가 "왜 웃어?" 하고 물었는데 나는 계속 웃었다. "서울 아파트로 갔다고? 어떻게 안 웃겨?"

아직도 그 생각을 하면 웃음이 난다. 그 영화감독님 행복하시길!!

버들치 시인의 콩나물국밥은 우리가 다 아는 그 전주식 콩나물국밥이지만 조금 다르다. 식감이 완전히 다르다. 먼저 큰 냄비에 멸치와 다시마로 육수를 내고 끓인 육수에서 다시마와 멸치를 건져낸 후 다듬은 콩나물을 넣어 한 김만 오르면 얼른 건져 찬물에 담근다(여기에 별표를 세 개쯤 주고 싶다. 이것이 유명한 콩나물국밥집의 비결이라고 했다. 물은 아주 차가워야 한다. 나는 집으로 돌아가 얼음을 썼다). 그리고 집간장으로 간을 약간 슴슴하게 맞춘다.

붉은 고추, 푸른 고추, 파, 마늘을 곱게 다져 준비하고 김치도 아주 작게 송송 썰어놓는다. 새우젓 약간과 고춧가루, 부순 김도 준비한다. 국밥그릇에 밥을 먼저 담고 콩나물을 그 위에 올린다. 푸른 고추와 붉은 고추, 파와 마늘, 김치 썰어놓은 것, 새우젓과 김가루를 구절판에 올리듯 둥그렇게 올리고 가운데 붉은 고춧가루를 뿌린다. 그리고 맨 마지막에 준비한 육수를 붓는다.

결론을 말하면, 나는 지금까지도 집에서 자주 이걸 해 먹는다. 아침에 눈뜨면 이 국밥이 생각난다. 잊지 마시라. 포인트는 찬물에 담근 콩나물이다. 그 아삭거리는 식감이다.

별을 따서

미안 미안하다

그래도 괜찮지

고마워

뭐 다 괜찮다고 했지만

그래도 미안하다

뭐 뭐라고

너는 싫다고

아니 다 괜찮다고 했는데 너만 싫다고

너 참 못됐구나 하고 결국

뚝~ 따버린다는

구절초꽃 따면서 그런 생각을 하다 혼자 웃는다

다 괜찮다고 했다

싫다는 표정 아무도 없었다

왜냐면 혼자 독식하는 것이 아니라

향기로운 가을을 나누려는 것이기 때문이다

모시를 깔고 찜통에 넣고 쪘다

한 송이 한 송이 서로 붙지 않게 떼어서

한 천 송이쯤 되려나

큰 채반으로 두 개나 되니까

그런데 빗방울이 툭툭 떨어지네

잘 말라야 할 텐데

꽃송이들이 반짝거린다

그래 별이다 별을 따서 말리는 것이다

후회는
더 사랑하지 못하는 데서 온다
누구와도 다른 가지선

오랜만에 방문한 하동 동매골에는 가을이 가득 차 있었다. 가을은 마을 길을 꽃처럼 밝히고 선 단감의 주홍빛이기도 했고, 수레국화, 구절초 혹은 벌개미취의 보랏빛이나 하얀빛이기도 했다. 봄이 화려한 꽃과 연초록의 계절이라면, 가을은 그야말로 모든 빛들이 쏟아져 나오는 계절이지 싶다. 식물들은 그렇게 내면에 간직한 모든 빛깔을 화려하게 날숨으로 후욱 뿜어내고 어둡고 깊은 겨울잠을 준비한다.

지난번 왔을 때 엄지손톱만 하게 싹을 틔우던 아기 무들은 이제 그 잎을 뻗치고 서 있었다. 버들치 시인네 밭을 보며 있는데, 시인이 내게 소리쳤다.

"꽁지야, 그 밭!"

발밑을 보니 잔디가 무성했다.

"왜?" 하고 내가 묻자, 시인은 "이 녀석아, 그거 부추야" 하는 것이었다. 하기는 나도 미련하기도 했다. 어떻게 밭에 잔디를 심어놓을 거라 생각했단 말인가. 그러고 보니 세상에 태어나 부추가 밭에 심긴 것을 처음 보았다. 버들치 시인은 짧은 칼을 가지고 나와 부추를 잘랐다.

"땅에 바짝 붙여서 잘라야 나중에 또 이쁘게 나와."

그는 부추를 자르며 내게 덧붙였다. 잘린 부추는 바구니에 담겼다. 시장에 나와 있던 것보다 연하고 가늘었다.

오늘의 음식은 가지선이었다. 가지선이란 원래 가지를 쪄서 칼집을 내고 그 사이에 쇠고기와 표고 등으로 양념을 한 소를 끼워 먹는 음식이었는데, 버들치 시인의 레시피는 좀 다른 것 같았다. 고기와 기름기를 아주 싫어하는 시인은 언젠가 연관 스님을 방문했다가 보살님이 해주는 가지선을 먹고 집에 돌아와 자기만의 가지선을 개발했다고 한다.

우리는 밭에서 굵은 가지를 따서 십자로 칼집을 내고 찜통에
살짝 쪘다. 가지가 쪄지는 동안 부추를 잘게 썰고 마늘 다진 것과
고춧가루 그리고 멸치액젓을 버무려 소를 만들면 끝이다. 쪄진
가지 속에 이 양념소를 넣고 하루가 지난 다음 먹는 담백한 음식
이다.

버들치 시인이 하라는 대로 가지에 소를 넣는 동안 문득 연관
스님 생각이 나서 내가 물었다. 얼마 전에야 그분의 거처인 실상
사 수월암에 불이 났다는 소리를 들었던 것이다.

"탔어. 완벽하게 다 타버렸어."

버들치 시인은 내 질문에 대답했다. 어쩌다가 싶었는데 누전이
라고 했다. 지난번 방문했을 때 흙벽돌로 벽을 30센티미터 두께
로 만들어서 스마트폰이 터지지 않는다고 하셨던 게 기억이 났
다. 조금은 쌀쌀하고 원칙에 충실하셨던 수경 스님과 달리 연관
스님은 아버지처럼 늘 푸근한 분이셨다. 수경 스님이 조계종을
탈퇴하고 사라져버렸을 때 도반인 그를 찾아 혼자 강원도 산골을
헤매기도 하셨던 분. 도법 스님은 조계종 권력으로 들어가시고
수경 스님은 조계종을 나가버리시고 홀로 옛 도반들이 있던 자리
를 지키면서 혼자서 많이 아프셨을 분.

"얼마 전에 위로차 찾아뵈었더니 뜻밖에도 노래방에 가자고 하시더라구. 놀랐지만 모시고 갔지. 그랬더니 '언젠간 가겠지 푸르른 이 청춘 지고 또 피는 꽃잎처럼……' 산울림의 〈청춘〉을 부르시고는 마이크를 안 놓고 〈불효자는 웁니다〉를 부르시면서 드디어 꺼이꺼이 우시는 거야."

나도 모르게 킥킥 웃고 말았다. 연관 스님이 그 크신 덩치로 컴컴한 노래방에 가서 마이크를 잡은 것을 상상하니 우스운데, 〈불효자는 웁니다〉를 부르며 우시다니. 죄송한 말씀이나 너무 귀여웠던 것이다.

어느새 버들치 시인 집으로 올라온 최도사 형이 산에서 캐온 자연산 송이 열 개를 우리 앞에 놓았다. 슬그머니 소주가 나오고 우리는 버들치 시인의 느릿한 이야기를 들으며 소주를 마셨다. 싱싱한 송이의 향이 입속에서 톡톡 터지는 듯했다.

"그러고는 실컷 우시더니 '어차피 빈손 아니겠느냐? 중놈이 집 타버렸다고 속이 상하는 게 다 뭐란 말이냐. 잘됐다' 하고는 표표히 가시더라구."

초록빛 빈 병만
차곡차곡 쌓이는 밤

나는 문득 그 두꺼운 벽이 있는 집도 타는구나, 하는 생각을 했다. 가을이어서였을까? 나도 요즘 늙어가는 생각, 버릴 것들을 생각한다. 버리지 않을 것이 하나도 없다는 것을 말이다. 우리는 송이를 결대로 쭉쭉 찢은 송이회를 참기름에 찍어 소주와 함께 먹었다.

"추석엔 잘 지냈어?"

내가 어색한 분위기를 무마하듯 물었다.

"엄마에게 갔었어."

뜻밖의 말이었다. 버들치 시인이 어머니 이야기를 꺼내는 것은, 그러니까 언젠가 어릴 때 어머니가 고생했던 일이라든가, 어머니의 요리 레시피라든가, "이놈아, 장가를 가야지" 이런 말 말고 어머니 소식을 현재형으로 듣는 것은 처음이었다.

"요양원에 들어가니 물리치료를 받고 계시다 하데. 물리치료실로 가니 할머니들이 대여섯 분 누워 계셨어. 안내인이 '할머니 아드님 버들치 오셨어요' 이러니까 대여섯 명의 할머니가 화들짝 놀라며 일제히 나를 바라보는 거야. 일제히 환한 얼굴로 말이야. 그러더니 일제히 아니구나, 하는 얼굴로 다시 돌아눕는 거 있

버들치 시인의 가지선.
살짝 찐 가지에 열십자로 칼집을 내고
잘게 썬 부추, 다진 마늘, 고춧가루, 멸치액젓으로 버무려
만든 소를 칼집 낸 틈으로 밀어 넣으면 끝.

지. 내 가슴이 그때······. 나는 우리 어머니에게 다가갔어. 내 눈에
는 이미 많은 눈물이 흘러나오고 있었는데 가서 어머니, 하니까
이번엔 어머니가 울데. '세상에! 내가 이제 우리 아들 얼굴도 알
아보지 못하는구나' 하시면서······. 그래서 이번엔 모자가 붙들고
같이 울었어."

최도사가 소주를 다시 훌쩍 마셨다. 버들치 시인네 방문 앞에
매달린 윈드차임에서 부드러운 종소리가 났다. 바람은 쑥부쟁이
와 구절초를 흔들고 지나갔다.

우리는 말없이 소주병을 비웠다. 버들치 시인이 먼 곳을 보았
다. 최도사 형이 문득 물었다.

"쌀은 안 떨어졌지?"

난데없는 말이었다.

"이놈의 시키 어디서 버르장머리 없게 형님네 쌀 걱정을 네가
하고 그러냐? 너 형이 어린이날 사준 쌀은 아직 있지?"

"그게 언젠데 그 쌀이 아직 있겠어? 난 형이 돈 없으면 용돈이
라도 좀 주려고 올라왔지."

"날두 추워지는데 너나 그지꼴 하고 다니지 말고 밥 떨어지면
형에게 와, 인마."

두 사람은 좋은 경치 다 놔두고 투닥거렸다. 내 귀에 누군가가
그 말들을 동시통역해주는 것 같았다.

"형, 슬퍼하지 마. 인생이 다 그런 거야. 그래도 힘내서 오늘을 살아야지?"

"그래, 고맙다. 나도 잘 알지. 그러나 헤어짐이 서글퍼서 그래. 언제나 후회는 더 사랑하지 못하는 데서 오는 거니까. 어머니께 더 잘해드리지 못해서."

"그래, 형. 그래도 우리 잘 살자. 응? 울지 마, 응."

그날 밤 동매골 주홍빛 감들 사이로 별들이 많이 떴다. 그리고 버들치 시인네 댓돌에는 그렇게 초록빛 소주병이 차곡차곡 쌓여 갔다.

아픈 날
엄마의 따뜻한 손길 같은 것

복통마저 잠재운 갈치조림

시인의 지리산 집에서 자는 날 아침이면 우리는 보통 아욱국
을 먹었다. 음식도 그걸 만드는 사람의 성정을 닮아가는지 내 요
리가 좀 진하고 단순하며 명쾌하다면(장점만 늘어놓자면 말이다),
시인의 요리는 부드럽고 미묘하고 순하다. 나이가 들면서 이제
야 된장국에 김치 하나로 밥 먹는 즐거움을 알게 된 나는 시인의

된장국을 정말 좋아한다. 아마도 이것은 온유를 달라고 기도하는 나의 바람과도 연관이 있지 않을까. 거의 된장이 느껴지지 않을 정도로 슴슴한(이 형용사 말고 다른 것은 생각을 못 해내겠다) 국물은 늘 하듯 멸치와 다시마 육수에 된장을 엷게 푼 것이고, 아욱은 서울의 슈퍼마켓에서 사던 것의 절반에도 못 미치는 어린 것이니, 같은 아욱국을 끓여도 시인의 것은 아주 다른 향기가 난다. 뭐랄까, 배 아픈 날 아침 엄마가 만져주는 따뜻하고 보드라운 손길 같은 것?

그날도 우리는 일어나 시인이 덖은 차를 마셨다. 차 역시 시인이 덖은 것은 순하고 부드럽다. 향기도 진하지 않지만 은은하게 입안에서 퍼진다. 문득 나는 우리가 그 집에 가면 늘 식탁으로 쓰는 일반 아파트의 방문만 한 상에 눈길이 갔다. 벌써 십여 년째 우리가 쓰는 그 나무탁자는 어느 시골집 마루짝을 통째로 뜯어낸 듯 보였기에 내가 물어본 적이 있었다.

"응, 그거…… 어느 집에서 뜯어오긴 했겠지. 그런데 나는 아니고 후배가…… 그러니까 내 후배가 한 명 있거든. 걔가 직장을 그만두고 할 일이 없어 이리저리 헤매다가……."

앞서 이야기했지만, 시인이 대기업의 유조선을 타고 다른 시인들과 유럽을 가다가 배에 불이 나서 탈출한 이야기를 듣는데, 밤이 새도록 아직 불이 나지 않았던 경험이 있는 나는 괜히 이야기를 시켰다 싶었다. 이러다가 그 후배 부모님의 직업과 첫사랑과 두 번째 사랑, 그리고 재수가 약간 없으면 첫 결혼과 두 번째 결혼, 혹은 바람피운 이야기까지 들을지도 모르는 일이었다. 그래서 나는 식탁에 집중하라고 그를 다그칠밖에. "그래서, 아니 그거 말고 그래서? 식탁 말이야." 시인은 이런 나를 두고 늘 성질이 너무 급하다고 타박을 주곤 했는데 어쨌든 이날은 그게 좀 효과가 있었는지 결론은 어느 폐가에서 뜯은 툇마루로 이 탁자를 만들었다는 것이다.

"그 후배가 마침 그때 막걸릿집을 차렸거든. 그래서 '옳지, 이걸 탁자로 쓰면 되겠다' 했대."

녹음 파일을 3배속으로 돌려 내가 들은 이야기를 요약하자면, 그러니까 그 후배가 이 탁자를 놓고 막걸릿집을 차렸는데, 그날 막걸리가 들어오면 본인이 맛을 좀 본다고 조금 마시다가 조금이 한 잔이 되고 두 잔이 열 잔이 되어 오후 일찍부터 이 낌새를 알고 몰려든 친구들로 늘 왁자했다. 주인은 그들과 함께 마시다가 어느 날은 막걸리가 모자라 못 팔고(다 마셔버린 거다), 어느 날은 취해서 못 팔고(생각해보시라, 오후 5시쯤 들어섰을 때 이미 주인과 친구들로 불콰해진 술집을), 당연히 망했다는 이야기였다. 어느 비 오는 날 시인이 전주 거리를 걷다가 그 막걸릿집을 찾았는데 가게는 문을 닫고 이 탁자가 혼자 처마 밑에서 비를 맞고 있는 걸

시인의 집 마당 한쪽에
금목서가 처음으로 꽃을 피워 올렸다.

보았다, 에 이르렀다.

"그래서 내가 전화를 했지. 야야, 나 버들치 시인인데 너 저 탁자 버릴 거냐?"

"버리지는 않아유. 안 써서 그러제."

"그러면 나 줄래? 나 요번에 지리산으로 이사 가는데 저거 식탁으로 쓰게."

"그려요, 가져가셔요."

"내가 어찌 가져가? 나 버스 타고 가야 하는데. 니가 갖고 와."

"그런가? 그러쥬, 모."

이래서 후배는 이 탁자를 싣고 왔다는 것이다(이것도 흔한 지리산의 미스터리 중 하나이다. 나는 버들치 시인의 후배들이 다 1톤 트럭쯤은 구비하고 산다고 본다. 아니면 버들치 시인이 1톤 트럭 연합회 회원들과 우정을 맺고 있거나).

"처음에 왔을 때 곰팡이 나고 거칠었어. 나는 아무 도구도 없었지. 그래서 날마다 물행주로 깨끗이 닦고 구멍 난 양말에다 호두 알맹이 같은 걸 넣어 낮이고 밤이고 문질렀어."

아주 낯선
부러움

　시인의 탁자는 맨들맨들하고 어여쁘다. 나는 그 탁자를 떠올릴 때면 늘 스님의 연회색 가사 빛이 함께 떠오른다. 그 빛깔이 그렇기도 하거니와 수많은 사람들이 이 탁자를 놓고 앉아 논의하고 다투고 웃었으니까. 뭐랄까, 중생의 아픔을 오래도록 어루만진 스님의 낡은 가사 말이다. 이야기를 듣는 동안 우리는 아침을 놓치고 말았다. 그때 차 한 대가 올라오는 소리가 들렸다. 거제에 사는 J였다.

　요즘은 버들치 시인의 시세도 시들해져서 예전처럼 "시인님을 뵙고자 이렇게 찾아왔습니다"라고 아닌 밤중에 찾아오는 여성이나, 애까지 데리고 와서 스카이콩콩을 타며 시인을 기다리던 여성도 없어졌다. 대신 오로지 시인으로서만 늘 버들치 시인을 흠모하는(이건 본인 주장이다) J가 가끔 해산물을 가득 싣고 지리산으로 오곤 했다. 한번은 최도사 형네 집에 가니까 서울에서도 보기 힘든 싱싱한 삼치가 있는 게 아닌가. 그게 바로 우리 J의 손길이었다. 말하자면 멸치젓이나 싱싱한 파래 같은 걸 구하려면 지리산에 가면 된다는 거다. 연목구어(緣木求魚)의 특수한 용례라고나 할까?

"배 괜찮아요?"
내가 묻자 그는 네, 하더니 갈치조림을 가리키며 말했다.
"아무리 아파도 저건 먹고 아플래요."

언제나처럼 J의 차에는 싱싱한 자연산 회와 갈치가 실려 있었다. 이걸 보고 가만히 있을 우리가 아니었기에 하는 수 없이 다시 소주가 나오고 회가 돌려졌다. 우리가 그렇게 회와 소주를 먹는 동안 시인은 "그래도 밥을 먹어야지" 하더니 밥을 안치고는 갈치조림을 시작했다. 시인의 마당에 있는 시퍼런 무가 뽑혀서 쑹덩쑹덩 칼집이 들어가고 양파와 감자도 깔렸다. 그 위에 거제도에서 올라온 갈치가 예쁘게도 쭉 놓이더니 간장과 고춧가루가 얹어졌다. 버들치 시인은 여기에 잡내를 없애기 위해 된장을 약간 넣는 것이 자신의 요리 비결이라고 했다. 파, 마늘을 듬뿍 넣고 어슷어슷한 붉고 푸른 고추를 고명으로 얹고 뚜껑을 덮는다. 그리고 국물이 끓어오를 때면 여기에 시인네 마당 오지항아리에서 3년이나 숙성된 매실 진액이 두어 술 들어간다.

이번에는 버들치 시인의 집을 방문하는데 출판사의 젊은 직원이 한 명 따라왔다..기차를 타고 내려오면서 먹은 샌드위치가 얹혀 그는 따끈한 매실차를 마시고 아랫목에서 배를 지지고 있었다. 회가 다 없어질 즈음 갈치와 된장 혹은 간장이 어우러진 구수한 냄새가 퍼지자 그는 어느 틈엔가 슬그머니 식탁 앞으로 오고 있었다.

"배 괜찮아요?"

내가 묻자 그는 네, 하더니 갈치조림을 가리키며 말했다.

"아무리 아파도 저건 먹고 아플래요."

그리하여 버들치 시인의 갈치조림이 출판사 젊은 직원의 복통까지 치료했다는 이야기다. 언젠가 《지리산 행복학교》를 내고 가수 변진섭 씨와 텔레비전 프로그램에서 만나 지리산을 방문한 적이 있다. 1박 2일의 짧은 여정이 끝나고 소감을 묻자 변진섭 씨가 이런 말을 했다.

"나는 먹고살기에 지장이 없는 사람이고 내 주변에는 돈이 무척 많은 사람들이 많아요. 나는 그들을 보며 한 번도 부럽다거나 질투를 느낀 적이 없었어요. 그런데 참 이상하지요. 여기에 와서 저 시인들을 보면서 나는 처음으로 부러웠어요. 이런 느낌은 제게도 아주 낯선 것입니다."

무가 들어가는 (   )

모기장을 치고 살았던 우리 집 무밭,

답답하기도 했을 것이다

구멍이 뚫려 있다고는 하지만

아무렴 들어오는 햇빛이 같지만은 않았을 것이다

비바람도 그랬을 것이다

이제 튼튼하게 자랄 만큼 자랐으니

벌레들 앞에서도 어느 정도는 견뎌낼 것이다

그간 애썼다

어제 아침 걷어줬더니 비까지 넘치도록 내렸다

음, 가만있자 내 팔뚝보다 굵은 것들이

하나 둘 다섯 일곱…… 꽤 된다.

저 무를 뽑아서

무생채와 굴을 넣은 무굴생채와 무밥, 무콩나물밥, 무굴밥,

동치미 말고 뭐가 또 있을까

무밭 앞에서 입맛을 다시다가

그래 아으 미안하다 미안해

바로 눈앞에서 군침을 흘리고 있다니

무들에게 미안하단 말을 하고

올해는 동치미 야하지 않게 그냥 담아볼까

광주 백수간재미 동치미 그냥 담았는데 이 가을에도 맛이 괜찮던데

그런데 아마 뉴슈가나 사카린을

아주 쬐끔 쓰기는 쓴 것 같기는 하지만……

한 20년 전쯤 전화로 어머니께 동치미 담는 법을 물었더니

잠시 침묵을 하셨다

한참 말씀이 없으셨는데 목이 푹 잠긴 목소리로

동치미를 담는 법을 말씀하셨다

그러면서 뉴슈가나 당원,

이런 것 조금 넣어야 맛이 있다는 말씀을 하셨다

설탕을 넣으면 시원한 맛이 덜하고 일찍 맛이 변해버린다고

그 끝에 다시 침묵이 흘렀다

아들이 좋아하는 당신의 동치미 담는 법

아들에게가 아니라 며느리에게 들려주며 전하고 싶었을 것이다

그 침묵 끝에

끝내 혼자 살 거냐고 풀 죽은 목소리가

전화기 건너편에서 흘러나왔다

나는 결국 혼자 살아남아서 올해도 동치미를 담을 것이다

배, 양파, 당근, 대파, 청각, 생강, 마늘, 고추…… 이런 것 넣지 않고

올해 동치미는 소금하고 뉴슈가나 사카린만 한번 넣어봐?

아무리 그래도 마늘하고 청양고추는 좀 들어가야 하는데……

너무나도 궁금한 은자씨
전주 '새벽강'의 굴전

우리가 만나기로 한 날은 가을비가 아주 많이 내렸다. 지리산으로 갈 차비를 하는데 시인의 문자가 도착했다.

"비도 오고 해서 나 전주 나갈란다. 그리로 와, 새벽강."

시인의 문자에서는 벌써 새벽 강가에서 안개가 피어오르듯 노란 누룩 냄새가 모락거리며 피어오르고 있었다. 나는 터미널에 나가 전주 가는 버스에 올랐다. 비가 술주전자에서 술 떨어지듯 내리는 날이었다.

새벽강. 버들치 시인은 어떤 여자에 대해서건 별로 많이 언급하는 법이 없었는데(주로 자신을 쫓아다닌 여자들을 피해 다닌 무용담 말고는 말이다) 언젠가 새벽강의 '은자씨'에 대해 이야기하면서 만일 자신이 결혼을 한다면 그녀와, 라고 말해서 우리를 크게 놀라게 했다.

어쨌든 나는 새벽강보다 은자씨가 궁금했다. 그리고 또 하나 내가 전주에서 술을 한번 마셔보고 싶었던 이유는 특이한 술 문화 때문이었다. 전주의 어떤 술집에서는 예를 들어 네 명이 탁자에 앉아 "어이, 여기 술 한 주전자 주세요" 하면 막걸리가 나오고 그에 따른 안주가 나온다는 것이었다. 이어 두 번째로 "어이, 여기 한 주전자 더요" 하면 아까보다 조금 더 업그레이드된 안주가 나온다는 것이었다. 세 번째를 시키면 심지어 회가 나오고, 네 번째를 시키면 가오리찜에 다섯 번째를 시키면 갈비찜이나 삼계탕 등등. 이래서 이 술집에서는 진풍경이 벌어지는데 첫째로 다음 안주가 궁금해서 벌컥벌컥 들이켠다. 둘째, 술 인심이 너무 좋아 주전자가 나오는 대로 얼른 그걸 들고 옆 테이블의 손님에게 가서 술을 따른다는 것이었다. 술주전자가 나오기 무섭게 어서어서 술을 비우기 위해 남도 주고 나도 먹고, 그래서 전주 사람들은 술을 적당히 먹으면서 진안주를 먹는데 타지에서 온 사람들은 술에 취해가면서도 아직 처음에 나온 기본 안주상만 받고 앉아 있다고 말이다. 새벽강은 그런 술집은 아니었다.

시인은 살짝 취해 있었다. 고향에 왔다는 설렘이 아직도 있는 것 같기도 했다.

"그래서 내가 은자씨랑 어떻게 친해졌냐면 말이야."

시인은 이야기 중이었다. 3배속으로 돌리면 이렇다.

"내가 술 먹고 취하고 해서 여기서 자겠다고 했어. 그래서 저어기 탁자 위에서 잤지. 은자씨도 요오기 벤치에서 자더라고. 그런데 새벽에 내가 눈이 먼저 떠진 거야. 내가 나가려는데 여기 문이 안에서가 아니라 밖에서 자물쇠로 잠가야 하는 거야. 그래서 어찌까 하는데 아무래도 젊은 여자를 문 열린 건물에 혼자 놔두고 가는 게 맘이 안 놓여서 내가 밖에서 문을 잠가버렸어."

그다음 일은 상상에 맡긴다. 실내에 화장실도 없는 데서 젊은 여자가 갇혀버렸으니.

"담에 내가 또 여기 왔다가 '은자씨, 나 여기서 자고 가도 돼요?' 하니까 은자씨가 소리를 버럭 지르는 거야. '안 돼요. 나가!' 그래서 내가 '알았어홋' 하고 나오니까 은자씨가 따라 나오는 거야. 은자씨가 '버들치 시인, 저 데려다줄래요? 무서워요' 하더라구. 그래서 내가 '그라믄 그래…… 홋' 하고 조금 앞서갔지. 그런데 갑자기 은자씨가 가까이 오더니 얼굴을 대고 나를 빤히 보다가 '크흐흐흐흐!' 웃는 거야. 그러곤 '가!' 그랬어."

나는 아리송한 기분이었다. 기승전 '나 여자에게 인기 많음'인 것 같기도 하고 말이다. "그게 무슨 소리야? 그래서?" 내가 묻자 나의 소중한 존재 1순위(간단히 정의하면 이성으로 만나고 헤어지면 다시 보기 어려우니 절대로 이성적 느낌을 가지지 않고 그냥 순전히 친구로 남은 소중한 이성 친구를 가리키는 용어)인 최재봉 기자가 면박을 주었다.

"넌 그런 것도 몰라? 이 숙맥 남자야, 그 소리지."

그것도 이상해서 내가 고개를 갸웃거리자, 버들치의 오랜 친구라고 자신을 소개한 영문과 교수가 끼어들었다.

"재봉인 그게 한계야. 그래서 재봉질밖에 모댜."

짜장면에 대해
하고 싶은 말

나는 점점 더 알쏭달쏭해지는데 은자씨가 안주를 내왔다. 생굴과 굴전이었다. 레시피를 물어보니까 생굴은 생굴을 사다가 흐르는 물에 살짝 씻어서 내놓은 거고(당연한데 괜히 물어봤다), 굴전은 대파, 마늘, 매운 고추를 넉넉히 다져서 달걀 푼 것에 섞고 여기에 밀가루를 조금만 넣은 것에 굴을 담갔다 꺼내 뭉근한 불에 식용유를 두르고 부친 것이라고 했다. 나는 생굴에 밀가루를 먼저 묻혀 그 위에 달걀물을 씌웠는데 여기 굴전이 식감이 훨씬 더 부드러웠고 굴 향기가 났다. 전주에 오면 버들치 시인이 꼭 보곤 한다는 건축가가 나를 향해 말했다.

"꽁지 작가, 나 버들치에 대해 하고 싶은 말 있어. 짜장면에 대해서야."

우리는 순간 모두 귀를 쫑긋했다.

"벌써 십여 년 전에 미국에서 시작된 금융위기 때 내가 쫄딱 망한 적이 있어요. 모든 것을 다 잃었지요. 그래서 그때 채권자들을 피해 지리산 버들치 시인 집으로 갔어요."

나는 그 심정을 안다. 오늘 혹은 내일이라도 내가 모든 것을 잃는다면 나는 아마 지리산으로 갈 거라는 걸. 오늘 처음 만났지만 충분히 그가 이해되는 기분이었다.

"그런데 갔더니 버들치 시인이 없는 거야. 생명 평화 순례하느라 집에 없었던 거지. 그래서 내가 전화를 했더니 그때가 밤 11시가 다 될 때였는데 버들치가 순례하고 막 곯아떨어지려고 하던 참인데 그 밤에 차를 얻어 타고 달려온 거야. 그래서 우리는 이야기를 좀 나누고 잠을 잤지. 아침에 일어나니 버들치가 없어요. 잠

시 후 전화가 왔어요. 자기가 무슨 고주몽이라도 되는 것처럼 어디 어디 돌을 들어봐라, 거기 뭐가 있을 건데 그러면 다 안다, 이러는 거예요. 그 돌을 드니 거기 편지봉투가 있는데 그 속에 편지와 100만 원이 들어 있는 거예요. 편지를 읽으니 '내가 이것밖에 없어서 미안하다' 하면서 '힘들더라도 절대 굶지 말고 이걸로 짜장면이라도 사 먹고 다녀' 그렇게 쓰여 있더라구요. 알고 보니 그 100만 원이 이 친구의 전 재산이었어요."

들고 있던 버들치가 끼어들었다.

"아니여, 전 재산 아녀. 내가 4만 원은 떼었어. 전기세가 밀려 있어서."

건축가는 버들치를 보며 다시 눈시울을 붉혔다.

"이 숙맥이 내가 100만 원도 없는 줄 안 거야. 아무리 망해도 그건 있었는데."

순간, 우리들은 모두 웃었다. 건축가가 다시 말했다.

"내가 그 편지 간직하고 있어요. 우리 아이들에게 그랬어요. 아빠는 그리 잘 살지는 못했지만 이런 친구는 있다, 그랬죠. 물려줄 거예요, 그 편지."

우리들은 모두 잔을 들었다. 아까 우리가 문단의 뒷소문을 이야기하며 문단의 상권을 쥐고 있는 권력자가 부르면 모모 작가, 모모 작가가 자정에도 서울 근교의 집 앞에서 '옙!' 하며 유턴을

하고 와서 결국 다음 해 상을 탔다는 둥의 가십을 올린 적이 있었
다. 영문과 교수님이 다시 말했다.

"아까 그걸 요가면 안 돼. 우리도 그래. 우리도 버들치가 오라
면 와. 유턴해서 바로 와. 여기도 권력이야. 임기 5년짜리에 비할
수 없는 권력이지. 암, 권력이고말고."

여전히 비가 내리고 있었다. 시인의 술상 위로. 따뜻한 비였던
거 같다. 그리고 나는 그들이 한참 부러웠던 거 같다.

허접한 것들 가득한 세상에서
건져 올린 푸르른 숭어
전주 '새벽강'의 소합탕

비는 밤새 내릴 모양이었다. 나는 낯선 도시의 카페에 앉아 있었다. 전주 '새벽강'은 내가 대학 다닐 무렵에 드나들던 신촌의 카페 '섬'과 이후 인사동에 있었던 '평화만들기'와 아주 흡사한 분위기였다. 조금 다른 점이 있다면 음악이었다. 이제 이 나이가 되면 음악도 음표가 아니라 추억으로 듣게 돼서일까? 내 젊은 시절의 음악들에 귀가 아찔아찔 열렸고 나는 그때마다 시간의 잠수부처럼 저 깊은 과거와 현재를 자맥질했다. 그러던 얼마 후 두 사람이 카페 문을 열고 들어서다가 버들치 시인을 보자 꾸벅 인사를 했다. 버들치 시인이 반색을 하더니 두 사람을 내게 소개했다. 잘생긴 두 사람은 시골에서 사과농사를 짓고 있다고 했다. 아마도 비 내리는 날 쓸쓸한 그리움 같은 것이 이곳으로 그 둘을 부른 모양이었다.

"꽁지 작가님, 버들치 시인이 여기 '새벽강 은자씨'에게 엄청 혼난 일이 있어요. 저 때문에요."

내가 궁금하다고 하자 그가 다시 입을 열었다.

"어느 겨울날, 제가 전주 나와서 새벽강 왔다가 버들치 시인을 집까지 모셔다드린 일이 있어요. 그날 눈이 너무 내려서 길에 아무도 없었죠. 어느 고개를 넘어가는데 버들치 시인이 자기가 가져온 시디를 끼워 넣고 들어보라는 거예요. 깊은 밤, 눈은 내리고 사방은 완전히 고요한데 존 서먼의 색소폰 소리가 정말 좋았어요."

"그거 '포테이토 오브 로맨틱'이야."

버들치 시인이 말했다.

"뭐, 로맨틱 감자라고?"

내가 다시 묻자 시인은 "아니, 〈포트레이트 오브 어 로맨틱〉."

하고는 의미심장하게 웃었다. 총각이 말했다.

"형이 내게 말하기를 '여자를 옆에 태우고 이 음악을 들려주면 다 넘어오게 되어 있어' 이러겠지요. 그래서 제가 '그래요? 형, 그럼 이 시디 저 주세요. 제가 형 부탁 다 들어드릴게요' 했죠. 그때만 해도 그 시디가 귀한 때여서요. 그러니까 형이 저보고 그럼 담에 새벽강에서 만나서 머리 염색을 해달라는 거예요. 저는 시디를 챙기고 다음에 형을 만나 아는 미장원으로 모시고 갔죠. 버들치 시인은 하얀 머리로 염색해달라고 했어요. 자신의 20년 후를 보고 싶다나. 그런데 그 돈이 그 당시에 8만 원이나 들었어요."

찬물에 일찌감치 넣고 끓여 입을 벌린 소합에 청양고추, 마늘, 대파를 후르르 넣어 소합탕을 맑게 끓이던 귀 밝은 은자씨가 역시나 버럭 소리를 질렀다.

"세상에, 불쌍한 농촌 총각들 알궈 먹어도 유분수지. 8만 원이 뭐야, 8만 원이…… 게다가 어차피 좀 있으면 머리가 저리 하얗게 변할 거잖아, 엉!"

버들치 시인은 아직도 겸연쩍게 웃는데 내가 다시 물었다.

"그래서 여자 태우고 음악 틀어봤어요?"

"네." 총각은 대답했다. 나는 다음 말은 더 물어보지 않았다. 그렇게 여자를 잘 '넘어가게' 했다면 은자씨가 아직까지 화를 내지 않을 것은 뻔하니까 말이다.

나는 네가 왜 버둘치 시인을 좋아하는지 안다.
그는 자기 것을 자기 것이라고 하고
남의 것을 남의 것이라고 하는 사람이기 때문이다.

잠시 빗소리를 듣다가 버들치 시인이 다시 입을 열었다.

"꽁지야, 그리고 지난번에 콩나물국밥 소개한 거 그 레시피가 실은 내 것이 아니야."

콩나물국밥을 소개한 이후 인기가 많은 레시피에 대해 또 버들치 시인의 저작권 결벽증이 작동한 모양이었다.

"지금은 그분이 돌아가셨어. 그래서 그 맛이 얼마나 명맥이 유지되는지 모르겠지만 그 레시피는 '장빨' 식당 주인분의 것이야. 사람들이 그 콩나물국밥 맛있다고 하면 나는 대답해야 해. '아니요, 그건 그분의 레시피입니다' 하고."

버들치 시인은 술잔을 쥐고 잠시 말을 멈추었다. 나는 내가 왜 버들치 시인을 좋아하는지 안다. 답답해하면서 왜 그를 보면 존경을 표하는지 안다. 그는 자기 것을 자기 것이라고 하고 남의 것을 남의 것이라고 하는 사람이기 때문이다. 이 어지러운 시절에 그건 너무도 귀한 덕목이었다.

시인들을 사랑한 '짱빨' 아주머니

"그분은 시인들을 사랑하셨어. 가난한 시인에게 콩나물국밥을 대접해야 한다고 생각하는 분이었지. 내가 가면 언제나 돈을 못 내게 하셨지. 다른 시인들에게도 그러셨고. 한번은 국밥을 먹고 너무 송구스러워서 국밥값을 몰래 뚝배기 밑에 넣고 나온 적이 있어. 행여 내가 나가기 전에 그분이 돈을 발견할까 싶어 조심조심 문을 밀고 나오는데 아니나 다를까, '버들치 시인!' 하고 뒤에서 부르는 소리가 나는 거야. 돌아보니 그분이 내가 뚝배기 밑에 넣은 돈을 들고 나를 쫓아오고 계신 거 있지. 나도 모르게 뛰었지. 그러자 그 아주머니도 뛰어서 날 잡으러 오는 거야. 그렇게 거리를 세 개쯤 지나쳤을까, 내가 숨이 차서 도저히 뛸 수가 없어 잠시 멈추었는데 아주머니가 나를 콱 잡더니 내 주머니에 3500원을 도로 넣어주시는 거야. 그리고 말씀하셨지. '성공햐, 그러면 받을게!' 숨이 너무 차서 그냥 '예' 하고 받았지 뭐야."

나는 그들이 전주 시내를 한 사람은 돈을 받으라고 하고 한 사람은 돈을 안 받겠다며 추격전을 벌이는 모습을 상상했다. 아무튼 버들치 시인 주변은 늘 이상하긴 하다. 시인의 시 〈성공하지 못했다〉에 그 사연이 나온다.

삼천 원 없었을까 콩나물국밥값
시궁창의 몸으로 끌려가서 첫술에 반한
이름도 이상한 장뻴이라는 국밥집,

긴 뻘밭이던가, 그 집 장뻘 아주머니 내 국밥값

받지 않았다 불편했다

뚝배기 밑에 돈 놓고 나오다가 걸리기도 했다

후다닥 내달리고 아주머니 돈 흔들며 쫓아오고

나는 무단횡단으로 건널목 뛰어가고

아주머니 골목길에 매달린 채 헐떡거리며

삼춘 거시기 이러면 안돼야 발 동동 구르고

된통 혼났다

그때 삼춘 쫓아가다 목구녕까지 숨이 꽉 찼는디

다시는 그런 짓 당최 허덜 말라고

가난한 시인한테 국밥 한 그릇 못 사주겠냐며

울먹이는 화를 내셨다

성공할 때까지 받지 않겠다는 우격다짐이었다

언젠가 그랬다

오메 텔레비 봉께 삼춘 나오데이 인자 유명해지것네이

하이고 예, 성공했으니까 국밥값 받으세요

안직 장개도 안 가고 차도 없는 것 봉께 더 성공해야것는디

오백 원에 오백 원이 또 올라도 국밥값 낼 수 없었다

책 잘 받았다고 전화기 너머 들리던 풀기 없는 목소리
장뻘 아주머니 암으로 떠나셨다
내 생애 참 속 시원하고 얼큰하던 해장국밥,
전주 남부시장식 장뻘 콩나물국밥값 앞에
끝내 나는 성공하지 못했다

버들치가 입을 열었다.

"그 이후에 내가 KBS 〈6시 내 고향〉이라는 농촌 프로에 나온 적이 있었어. 전주 모악산 살 때였는데 우리 집 앞 냇물에서 얼음 깨서 쌀 씻고 눈 수북한 장독대에서 된장 뜨고 김치 해서 먹는 밥상이 전파를 탔지. 어느 날 전주에 갔다가 장뻘에 들르니 아주머니가 반색을 하시는 거야. '아이고, 우리 시인 이제 텔레비전에도 나와야. 참말로 멋져부러.' 그래 내가 대답했지. '텔레비전에도 나오고 성공했으니 이제 그만 국밥값 받으셔요.' 그러자 국밥을 날라주던 그분이 나를 탁 째려보시며 대답하셨어. '하이고 아직도 멀었네, 이 사람아. 텔레비 나오고 장가도 가고, 그리고 아이들도 델꼬 자네 차를 탁 운전해서 오믄 내가 그때는 받을 것이여.' 그 후에도 나는 전주에 오면 그분께 들러 콩나물국밥을 얻어먹었지. 여러 사람을 데리고 가는 게 내가 드릴 수 있는 최고의 보답이었는데 함께 가면 희한하게 내 것은 계산에서 빼고 받지 않으셨어.

미안해서 내가 다른 곳으로 가면 난리가 나는 것이야. 좁은 바닥에서 다른 곳 가서 먹을 수도 없고. 그분이 늘 말했지, 자기 콩나물국밥 먹고 시를 써야 한다믄서 말이야. 자기가 시를 쓰지 못해도 시인을 대접해야 하는 것쯤은 안다고, 그게 자기의 기쁨이라고……. 그런데 그분이 몇 년 전 돌아가셨어."

비는 여전히 내리고 있었다. 가을비치고는 길고 굵은 비였다. 그사이에도 술꾼 몇 팀이 바람처럼 새벽강에 이르렀다가 바람처럼 떠나갔다. 낮술부터 시작해 자정이 넘도록 이곳에 앉아 있자니 정말로 새벽 강어귀에 앉아 모든 흘러가는 것들을 바라보는 듯했다. 이 나이에 이르러 이제 나는 안다. 삶은 실은 많은 허접한 것으로 가득 차 있다는 것을. 내 남은 생에 소망이 있다면 그중 무엇이 허접하지 않은지 식별할 눈을 얻는 것인데, 여기 새벽강에 앉아 두런두런 이야기를 나누며 나는 그중 몇 개를 건져 올리는 기분이었다. 그것들은 살아 푸르른 숭어 같았다.

꽃을 보고 힘을 내서

구절초가 지고 난 후

물론 아직 마당 한쪽으로 노란 산국이며 쑥부쟁이들

잔설처럼 남아 있지만

꽃밭이 좀 허전하다 그랬는데

흰 용담꽃 피기 시작한다

연둣빛 속치마 같은

사르릉 꽃봉오리가 열리며

순결한 속살

그 희디흰 빛

흰 용담꽃을 보고 있으니 몸살감기 기운으로

아직도 썩 개운치 않은 머리가 개는 것 같다

힘이 좀 나는 것이냐 그럼 또 일거리를 찾아봐야지

난 어렸을 때부터 느릿느릿 게으른 것을 좋아하고

스스로 게으른 편이라고 생각하고 있었는데

나이가 들어서 변한 것인가

길쭉한 호박 세 덩이 중에 한 덩이 상태가 썩 신통치 않아 보였다

더 놔두면 물러지고 상할 수도 있어서

그 녀석을 잡기로 했다

도마를 가지고 나와서 칼을 들고

쓱쓱

놋숟가락으로 씨를 발라내는데

호박씨를 탯줄처럼 매달고 있는 호박 속이 질기디질기다

그렇지 아무렴

씨앗 하나하나가 탯줄에 달려 생명을 품을 수 있는 것이지

칼을 들이대고 마치 물고기 내장을 잘라내듯이 잘라내고서야

숟가락으로 긁어낼 수 있었다

아침나절에 반으로 잘라 속을 긁어내고 햇볕에 내놓았더니

몇 시간 햇살로 호박 속이 꾸덕꾸덕 잘 말랐다

부드러워진 호박을 잘라서 껍질을 벗긴다

호박 살이 보들보들하니까 마치

푸줏간에 매달려 있는 고기를 떼어 썰고 있다는 느낌이 든다

작은 평상에 말린다

겨울 햇살에 말리면 더 좋겠지만

풋서리가 내리는 늦가을 햇살이라도 어다냐

늙은 호박고지가 다 되면

밤 말린 것하고 호박고지를 뚝뚝 잘라 넣어서 밥을 해야겠다

우리 집에 와서 먹어본 사람은 알 것이다

벌름벌름 자꾸 콧구멍이 커진다. 음흠흠

냄새도 참 좋지만 그 밥맛이라니 흐이유 쩝쩝

그 밥을 다 푼 후 거기 끓인 숭늉 맛이라니

2부

지상의
슬픈 언어를
잊는 시간

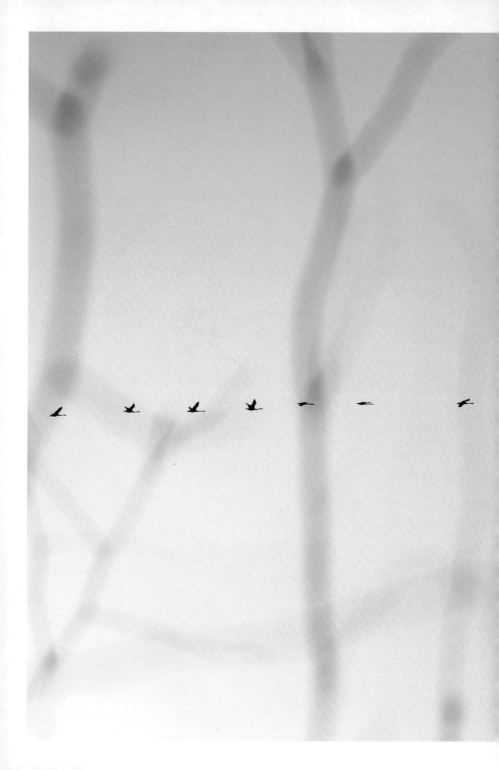

지상의 슬픈 언어들을 잊고
두 귀가 순해질 시간

거제도 J의 볼락 김장김치 보쌈

시인은 김장을 하러 거제도의 J에게 간다고 했다. 원래 J는 남
해도에서 천연 염색 공예를 하는 이였는데, 요 근래 남해의 호젓
한 언덕 위 하얀 집을 비워두고 몇 년째 거제도의 리조트에서 사
장 노릇을 하는 중이었다. 그녀의 리조트는 흑진주해변 끝에 있
는데 방마다 바다가 보이는 곳에 자쿠지가 있었다. 처음 이곳에

갔을 때 그녀는 나에게 자신의 리조트 삼십여 개의 방 중에 제일 좋은 방을 주었는데 침대 바로 옆, 방바닥을 파서 설치된 욕조를 나는 처음 보았다. 침대에서 내려와 모닝커피를 준비해서 바로 그 실내 자쿠지에 쏙 들어가면 바다가…… 호수처럼 고요한 거제의 안바다가 조용히 밀려왔다. 나는 가끔 힘이 들면 그녀가 있고 생선구이가 있고 테라스와 자쿠지가 있고 소주가 있는 이곳을 그리워했다. 우리 집에서 10분만 걸어가면 있는 터미널에서는 두 시간마다 한 번씩 거제로 가는 버스가 떠나는데도 나는 거기 가지 못했다. 그곳을 찾은 지가 벌써 2년이나 지나 있었다. 한번은 그녀에게 문득 "어떻게 버들치 시인이랑 알게 됐어?" 물으니 그녀는 대뜸 "나 너무 힘들 때 형 시집 끼고 살았어.《그 숲에 새를 묻지 못한 사람이 있다》 말이야" 심드렁하게 말했는데 그때 내 심장도 쿵 하고 내려앉았다. 그래, 그 시집이 있었다.

"나 오래 침엽의 숲에 있었다"로 시작하는 그 시. 나도 모르게 시구가 입술 위로 이어졌다. "건드리기만 해도 감각을 곤두세운 숲의 긴장이 비명을 지르며 전해오고는 했지. 욕망이 다한 폐허를 택해 숲의 입구에 무릎 꿇고 엎드렸던 시절을 생각한다. 한때 나의 유년을 비상했던 새는 아직 멀리 묻어둘 수 없어서 가슴 어디께의 빈 무덤으로 잊지 않았는데//숲을 헤매는 동안 지상의 슬픈 언어들과 함께 잔인한 비밀은 늘어만 갔지. 우울한 시간이 일상을 차지했고…….”

그렇게 20년이 흘렀다. 서른 즈음의 날들. 고통으로 엉겨 붙어 뭉클거리는 핏덩어리가 심장을 틀어막는 것 같던 아픔들도 이제는 많이 잦아들었다. 우리들은 머리에 흰서리를 서너 올씩 얹은 채 이 바닷가 집에 김장을 하러 모인 것이었다.

어느 해 겨울인가 그녀에게 김치 한 통을 받아 들고 나는 많이 놀랐었다. 글쎄, 김장김치 속에서 커다란 생선 한 마리가 통째로 나오는 것이었다(가자미식해처럼 맛있다). 나중에야 그게 볼락이라는 것을 알았는데 그녀의 김치에서는 내가 좋아하는 남도의 진한 젓갈 맛과 서울 지역의 시원한 맛이 함께 났다. 이게 가능할까? 글쎄, 직접 가서 맛보시라고 할밖에. 그녀는 리조트의 김치를 모두 직접 만들어내니까 말이다.

우리가 도착하니 최도사가 벌써 바닷물에 절인 배추를 건지고 있었다. 바다에서 건진 강원도 배추에서는 고소하고 달큰한 맛이 났다. 오래 절인 산 그림자를 바다에서 건져 올리면 이런 맛이 날까? 우리는 J의 분부대로 움직였다. 무를 썰고 (일일이 손으로) 갓과 파, 마늘을 다듬고 전복을 썰었다. 김장할 무렵이면 제철이 되는 볼락은 씻어 통째로 준비해놓았다. 바다에서 건진 청각을 다져 넣고 찹쌀과 늙은 호박, 그리고 각종 조(차조, 메조, 기장조)를 넣어 풀을 쑤었다. 여기서 단맛이 났다. 그러니 설탕은 전혀 넣지

않는다. 파도가 철썩이는 테라스에서 배추를 버무리는 기쁨은 내 손바닥 반만 한 싱싱한 굴과 갓 버무린 배추쌈, 그리고 소주 때문만은 아니었으리라.

죽을 고비를 몇 번 넘기며
찾아온 생각

고단한(우리는 말고 집주인이) 노동이 끝나고 둘러앉은 리조트 식당에는 자리가 넉넉했다. 갓 삶은 보쌈 고기에서는 하얀 김이 힘차게 뿜어져 나왔다. 소주잔이 몇 번 부딪히고 나서 배가 좀 채워지자 먹을 것에 정신이 팔려 있던 내가 그제야 물었다. 버들치 시인은 얼마 전 심장 수술을 했다. 두 번째 수술이었다. 첫 번째 수술을 하고 나서 다시 수술이 필요하다고 했을 때 그는 그것을 거절했다. '순리대로 살고 싶다'는 게 그 이유였다. 그 무렵이었을 거다. 내가 그에게 이 글을 제안한 것이. 일전에 다른 책에서도 썼지만 그는 통장에 자신의 관값 200만 원을 가지고 살았다. 혹시라도 혈혈단신인 그가 죽으면 친구들에게 신세 지지 않고 장례 치를 돈이었다. 그에게는 그것이 전부였다. 그것보다 돈이 모자라면 무엇이든 일을 해서 그것을 채우고 그것보다 남으면 아프리카, 북한 어디든 불우한 곳으로 보냈다. 그런데 이번에 그의 수술 소식을 듣고 수경 스님과 연관 스님이 찾아오셨다는 것이었다. 목돈을 주시며 수술하라고 하신 거다. 버들치 시인은 그 돈을 가난한 사람들에게 다 기부했다(기부하고 영수증이나 챙겨놓나 모르겠다). 그 소식을 듣고 다시 사람들이 모였다. 결국 시인은 수술을 받고 완쾌되었다.

"모르겠어. 죽음을 생각하지 않은 건 아닌데 막상 죽을 고비를 몇 번 넘고 나니 생각이 바뀌었어. 처음으로 내 집에서 '낯선 사람들 방문 받지 않습니다' 하는 팻말을 뗐지. 야(나, 콕 집어 말하면 《지리산 행복학교》) 때문에 사람들이 하도 와쌓아서⋯⋯. 그런데 그런 생각이 들더라. 그래도 날 찾아 여기까지 왔는데 얼굴이라도 보이고 차라도 한잔 대접하자, 인생 뭐 있나. 그때 길거리에서 그렇게 죽을 몸이었는데 말이야."

나는 시인에게 그 삶과 죽음의 경계에 갔던 이야기를 들은 적이 있었다. 그리고 시인은 변했을까? 그런 것 같다. "나잇값 해야지 싶었어⋯⋯." 중얼거림 뒤로 그의 최근 시집 《중독자》의 한 구절이 떠올랐다. "어쩌면 치미는 슬픔 같은 먼 봄날의 아지랑이/이렇게나마 겨우 늙었다/강을 건너온 시간이 누군가의 언덕이 되기도 한다/두 귀가 순해질 차례다".

그런데 뜻밖에 그렇게 힘겨운 수술 두 번을 한 후 그가 제일 먼

저 한 일은 관값을 현실화하는 것이었다. 300만 원으로 말이다.

"물가가 많이 올랐더라구. 200만 원이 거의 20년 전에 정한 건데……. 더 올리자니 힘겹고 그래서 300만 원으로 올렸어."

시인은 껄껄 웃었다. 우리도 따라 웃었다. 처음에는 '우리가 있는데 무슨 걱정을 해' 했지만 그는 들은 척도 안 했다. '사람이 자기 관값은 마련해놓고 죽어야 한다'가 그의 인생관이었다. 그를 보고 있으면 톨스토이가 생각나기도 했다. '사람에게는 얼마의 땅이 필요한지' 말이다. 나는 그가 이럴 때마다 실은 숙연해지지만 짐짓 활기차게 화제를 바꾸었다. 그에게 좋은 일이 생긴 거다.

"상 받는다면서?"

그의 얼굴에 화악 홍조가 피어올랐다. "응, 그리되었네……. 젊은 후배들이 주는 상인데 상금이 없어. 그래서 받겠다고 했어."

그건 젊은 문인들이 자신들의 본보기가 될 만한 선배에게 주는 상이었다. 문단의 꼰대가 끼어들 일도, 말 많은 상금의 잡음도, 권력도 끼어들 필요가 없는 정말 귀한 상이었다. 우리는 축하의 잔을 들었다.

"아마도 나는 그때 한국에 없을 것 같아. 형이 제일 좋아하는 위스키 한 병 보내고 갈까?"

"그럴 거 없어. 아까워. 그건 담에 니가 그냥 가져와. 우리끼리 속닥하게 먹자, 응?"

말해놓고 시인은 자신이 약삭빠른 생각을 한 게 뿌듯한 듯한 표정을 지었다. 무척이나 영리한 그의 생각에 나는 맞장구를 쳐주었다. 그리고 출국하던 날 아침, 나는 공항에서 신문에 실린 그의 기사를 보았다.

　"한국작가회의의 젊은 문인들로 구성된 젊은작가포럼(위원장 임경섭)은 박남준 시인이 그 삶과 문학을 통해 '욕망을 내려놓으려는 치열한 고뇌와 성찰의 길을 걷고 있다'는 점에서 이 상을 준다고 밝혔다."

　욕망을 내려놓으려는 치열한 고뇌와 성찰. 그 욕망에서 그가 좋아하는 위스키는 빠지리라. '그래도 좋다!'고 나는 생각했다.

흰 눈은 오시고 임은 아니 오시고
고양이는 잠들러 간 밤에

두 그릇 뚝딱 굴밥

그것이 언제였던가. 내가 젊고 슬펐을 때 나는 섬진강을 처음 보았다. 내게는 그때 아직도 버리지 못한 미련들이 많이 남아 있었고 나는 섬진강가에 처음 앉아 하염없이 그 강을 바라보았다. 섬진강은 박경리 선생의 《토지》에 나오는 월선이의 버선처럼 생겼다, 라고 나는 생각했다. 곱고 보드라웠다. 그 후로 어쩌다가 인연이 되어 둘째가라면 서러워할 만큼 지리산을 드나들었다. 당연히 늘 강가를 지나는 19번 국도에서 섬진강을 보곤 했다. 지리산이 큰엄마처럼 대범하고 품이 넓다면 섬진강은 늘 새색시처럼 단정하고 조신했다. 나는 그 길을 지나가면서 늘 《토지》의 월선이가 추운 겨울날 흰 명주수건을 목에 두르고 화개장터로 가는 배를 탔던 것을 그려보곤 했다.

버들치 시인의 호출을 받고 우리가 지리산 동매골로 떠나던 날은 기온이 갑자기 내려가 아주 추웠다. 아무리 추워도 서울과 5~7도 정도 차이가 나는 곳이 하동이고 남향 반듯한 동매골이라 괜찮겠지 싶었는데 지리산 입구 톨게이트에서 나와 19번 국도로 들어서니 거센 바람이 불며 눈발이 날리고 있었다. 그때 나는 창밖으로 아주 다른 풍경을 보았다. 뭐랄까, 이제까지 몇십 년 동안 순하기만 했던 친구의 의로운 분노를 본 것 같기도 하고, 하늘에서 내려와 자신의 죄를 값하던 누군가가 이제 막 그 허물을 벗고 제 본향으로 오르려는 것 같기도 했다. 섬진강은 뜻밖에도 뒤집히며 물결치고 있었다. 놀라웠다. 그 빛은 금강산 깊은 소에서나 보았을 청잣빛이었고 거센 바람에 뒤집힐 때마다 흰 물결이 비늘처럼 결결이 일었다. 이제까지 하얀 버선 속에서 숨죽이며 때를 기다리던 용이 그 푸른 비늘을 하나하나 다 일으켜 바람을 머금고 승천하는 듯했다. 나도 모르게 탄성이 튀어나왔다. 아, 멋지다!

시인은 거제에서 온 J와 함께 우리를 기다리고 있었다. 언제나처럼 춥지, 하고 말을 꺼낸 시인은 갓 지은 따끈한 밥을 프라이팬에 쏟아내었다. 속이 깊은 프라이팬에는 지난가을 새로 짠 들기름이 아주 충분히 발려 있었다. 그 옆에서는 언제나 버들치 시인의 뒷바라지를 말없이 하는 J가 오늘 건져 올려진 굴을 씻고 있었다.

"꽁지 언니야, 굴 충분히 씻어야 해. 저번에 보니까 언니가 씻은 거 해감이 좀 덜 됐어. 이것 봐, 검정 물 나오는 거."

J가 내게 말했다. 얇게 소금물을 풀고 그 양푼에 파도가 치듯이 물을 일으켜 굴을 씻자 신기하게도 아주 검은 물이 흘러나왔다. 버들치 시인은 잘 씻어 건진 그 굴을 놀랄 만큼 가득히(아니, 수북이) 쌀이 보이지 않을 정도로 덮었다. 굴밥이라면 굴을 넣고 밥을 하는 것, 그리고 밥 사이에서 굴의 잔해(?)들을 찾아 먹는 것으로만 생각했던 나는 그의 과감한 굴 투입에 놀랐다. 버들치 시인은 대파 썬 것을 다시 그 굴 위에 넉넉히 얹고 뚜껑을 덮었다. 불은 중간 불이었다. 우리가 추울까 봐 군불 속에 고구마를 묻어놓았던 시인은 우리에게 그걸 내놓고 그동안 양념장을 만들었다. 노란 고구마의 속살을 입에 호호 불어 넣으며 슬쩍 엿보니 시인의 양념장 재료는 이랬다. 멸치와 다시마, 무, 양파 껍질, 파 뿌리 등등을 넣어 우려놓은 육수 한 컵에 어간장(섬에 사는 시인의 후배가

잘 먹지 않는 잡어를 따로 모아 멸치젓처럼 항아리에서 발효시켜 달인 뒤 3년간 묵혔다가 시인에게 준 것. 시인은 이것을 다시 2년 동안 발효시켰다 한다) 약간, 그리고 집간장 약간, 그리고 대파와 풋고추, 붉은 고추 다진 것, 그리고 매실 진액 약간이다. 굴밥이나 무밥이라면 그냥 시중에서 파는 양조간장에 파, 마늘, 풋고추, 깨소금, 참기름을 넣는 줄 알았던 나의 통념과는 아주 다른 맛이 거기에 있었다. 이런 표현이 허용된다면, 그 양념장은 언젠가 내가 한 잔을 마셔보고 아직도 그 맛을 잊지 못하는, 아주 오래된 명품 화이트와인에 소금간을 한 것 같았다. 그때 그 화이트와인을 마시고 나는 소감을 묻는 이에게 오래된 집간장의 기운이 느껴진다고 했으니까.

누룽지는 굴을,
굴은 누룽지를 머금었구나

밥을 넣은 프라이팬에서 자작자작 누룽지가 살짝 익어가는 소리가 나고 한 김이 충분히 올라 밥 위에 얹은 굴이 뽀얀 젖빛으로 변하자 약간 더 기다렸다가 불을 껐다. 우리 일행은 흥부네 아이들처럼 밥그릇과 숟가락 하나씩을 들고 기다렸다. 버들치 시인

은 그 커다란 프라이팬을 상 위에 놓고 아까 만들어놓은 양념장의 반을 부은 후(양념장의 간은 슴슴한 정도였다. 그러니까 메밀소바 먹을 때 쯔유 정도?) 휘리릭휘리릭 비볐다. 프라이팬 깊은 곳에서 섬진강 물결이 뒤집히듯 누런 누룽지들이 위로 올라왔다. 적당히 섞은 후 우리는 각자 자신의 공기에 그것을 떠서 남은 양념장에 취향껏 비벼 먹었다. 한입 넣은 순간 우리 모두의 입에서 "와우!"라고 할 수밖에 없는 탄성이 나왔다. 들기름을 머금은 누룽지는 바다의 굴 내음을 머금고 있었고 굴은 들기름으로 달구어진 구수한 누룽지를 머금고 있었다. 실은 나는 쌀로 만든 것을 다 싫어한다. 그래서 밥을 하기 전에 시인이 아궁이에 구워준 고구마를 배가 부르도록 먹었다. 그런데도 두 그릇을 먹었고 지금도 침이 고인다.

시인은 여기에 곁들여 홍갓으로 요염한 색을 낸 버들치표 동치미와 지난여름 희나리로 남은 토마토와 무로 담가둔 장아찌를 내놓았다. 손이 넉넉한 J가 생굴에 초장을 곁들여 내기도 했지만 우리의 손길은 오직 이 굴밥에만 집중되어 순식간에 거의 한 솥이 다 동나고 말았다.

그제야 창밖으로 춤추듯 내리는 흰 매화 꽃잎 같은 눈송이가 눈에 들어왔다. 소주가 나왔고 생굴 남은 것과 거제에서 온 자연산 회가 안주로 상에 놓였다. J가 버들치 시인의 시를 가지고 한

보리가 작곡하고 진진이 부른 〈당신이 첫눈으로 오시면〉을 틀어
줬다.

첫눈이 오시는 날

당신의 떠나가던 멀어가던 발자욱 발자욱

하얀 눈길에는 먼 기다림이 남아 붉은 노을로 젖네

붉게 타던 봉숭아 꽃물 손톱 끝에 매달려 이렇게도 가물거리는데

당신이 내게 오시며 새겨놓을 하얀 눈길 위 발자욱 어디쯤인가요

눈이 왔으면 좋겠어 첫눈이 왔으면 좋겠어

그날 밤이 깊을 때까지 눈이 내렸다. 진진의 노래 뒤로 흐르는
피아노 반주가 잦아들 무렵 문밖에 고양이 한 마리가 와서 울었
다. 문을 열어보니 노랗고 어여쁜 고양이였다. 먹을 거라고는 군
고구마와 장아찌 그리고 회가 전부였다. 나는 몰래 회를 몇 점 집
어다 주었다. 휘리릭 그것을 삼킨 고양이는 또 울었다.

"주지 마! 사람 먹는 걸 주는 거 아니야. 밥이나 남은 거 있으면
주지."

최도사가 말했다. 나는 눈치가 보여 잠시 머뭇거렸다. 잠시 후
나는 보았다. 최도사가 화장실을 가는 듯 일어나 밖으로 나가는
데 그 뒷짐 주먹 속에 회가 몇 점 들려 있는 것을 말이다.

"회 너무 아까운데, 참치캔 없어? 고양이 주면 좋은데……." 내가 말했다. 시인의 찬장에 참치캔 같은 게 있을 턱이 없었다.

"야, 됐어. 다 세상의 순리에 따라 사는 거야. 그게 야생이야. 사람도 못 먹는 비싼 회를 어찌 고양이에게 줘."

누군가가 또 말했다. 그런데 우리 일행 하나가 화장실을 다녀올 때마다 고양이의 울음소리는 작아져갔다. 주지 마 주지 마, 그렇게 말하고 모두가 조금씩 제 몫의 것을 나누어주었나 보다. 잠시 후 고양이는 사라졌다. 배가 부르니 제 처소로 간 모양이었다. 그제야 우리는 말간 토마토 장아찌로 남은 소주를 먹었다. 많이 먹었다. 흰 눈은 오시고, 임은 아니 오시고, 고양이는 잠들러 간 하얀 밤에.

만지면 시든다네

늦게 깎은 곶감

조금 위태위태하기는 했으나

그나마 며칠 날이 춥고 햇볕이 나서 겨우겨우 말라간다

남들은 깎은 곶감이 다 내려앉아버리기도 하고

태반이 푸른곰팡이가 나고 색이 검게 변해버려서

다 내다 버렸다고 한다

때깔 곱고 곰팡이 피지 말라고

곶감 건조장 문 닫아걸고 황산 피우는 사람들 많지만

내가 아는 사람들 내다 버리면 버렸지 그런 짓 당최 안 한다

감식초로 만들지 그랬느냐고 조언을 했는데

식초도 만들어본 사람이 해야 하는데 경험도 없고

항아리를 또 사야 하지 않느냐고

이래저래 그 친구들의 경제가 빠듯해졌을 것이다

나야 뭐, 인테리어 개념의 곶감 깎기라서

쪼몰락 쭈물럭

단단하던 감들이 만지면 만져줄수록

쪼글쭈글 시들어간다

축축 늘어진다

사람의 모난 마음도 쓰다듬고 어루만져주면

둥글게 두리동동 동그래질 것이다

감을 깎다가 익거나 으깨져서 물러진 부분들

서걱 베어낸 곶감이 있다

그 베어진 상처 쪼물락 쭈물럭 조심스럽게 만져주었더니

그러니까 상처가 씻기고 치유되어서

동글동글~

햐~

만져줄수록 때깔도 곱다

아닌 게 아니라

주홍빛 알전구를 켜놓은 것 같네

아침에 일어나서 몇 개 만졌더니 금세 손가락이 시려서

오후 햇살에 다시 시작 쪼물락 쭈물럭~

한 보름쯤 후면 곶감도 맛볼 수 있겠다

곶감 딱 한 개만

맛보러 오셨다는데 내가 뭐 어쩌겠는가

있는 것 알고 달라는데

걸려 있는 것 빤히 보고 입맛 다시는데 우짜든동

진정한 욕망과 충족은
어디서 오는가

소박한 신비로움 애호박고지나물밥

사연도 다 다르고 시기도 다르다. 그리고 물론 그 과정도 다 다르지만 나의 지리산 친구들의 기본 생각은 '더 많이 소비하기 위하여 삶의 대부분 시간을 자신이 원하지도 않는 노동을 하며 보내지 않겠다'는 것이겠다. 긍정형으로 바꾸어 이야기하자면 '원하는 것들을 하며 삶을 누리겠다'일 것이다. 이들은 도시에서 자라며 얻은 비본질적인 욕망을 버리고 이곳으로 왔다. 하지만 가끔 내가 이렇게 말하면 그들은 투덜거리기도 하는데 그들의 말은 이렇다.

"나는 다르게 욕망할 뿐이다."

그렇다. 그들은 시간을 자신만의 방식으로 흘려보내기를, 저 산과 강을 자신만의 방식으로 바라볼 수 있기를 욕망한다. 그들은 누구보다 여행을 많이 떠나고 누구보다 계절을 깊이 즐긴다. 봄이면 야생 달래와 냉이 그리고 산나물을 먹고 여름이면 천렵한 물고기로 매운탕을 끓인다. 가을이면 송이버섯 열 개로 친구들과 풍성한 파티를 벌인다. 나는 지리산에 갈 때마다 삶이 단순할수록 얼마나 풍요로운가를 절감한다. 그리고 똑같은 양으로 내가 얼마나 아직도 버리지 못하는 사람인가도 말이다.

가장 경이로운 것은 이들이 소유한 것의 양이다. 그중 가장 대표적인 이가 의신마을 최도사다. 그는 계절별로 두어 벌의 옷을 소유하고 있다. 아마도 언제든 어깨에 달랑 지는 바랑 하나에 짐을 챙겨 그는 먼 길을 떠날 수 있으리라. 내 주변의 많은 성직자, 수도자분을 보았지만 최도사만큼 적게 소유하고 있는 이는 보지 못했다. 스스로 '내비도'의 교주라고 하는 것이 이해가 가 간다.

또 한 가지, 이들은 참으로 적게 먹는다(물론 술은 빼고). 지리산 친구들에게는 전국 각지에서 맛있는 것을 가지고 친구들이 모여

든다. 지리산 친구들은 그들을 아주 반겨 기꺼이 함께하지만, 그리고 그들이 베푸는 향응에 기쁜 마음으로 응하지만, 그들이 가고 나면 언제든 곧 그들만의 작은 규모의 삶으로 돌아간다. 최도사 같은 경우는 식은 밥에 장아찌 하나 정도로 며칠을 견디기도 한다. 먹거리를 중요시한다고 하지만 버들치 시인 역시 아주 적게 먹는다. 둘 다 이 나이가 되도록 배가 나오지 않은 걸 보면 확실히 적게 먹는 것이 비만 방지에 좋다는 당연한 결론에 새삼스레 이르기도 한다.

버들치 시인은 그날도 따뜻하게 밥을 짓고 우리에게 새 밥상을 차려주었다. 김치와 동치미 그리고 장아찌. 아까부터 무얼 하나 들여다보았더니 호박오가리였다. 우리가 오면 해주려고 어젯밤부터 불렸다고 했다. 푸릇한 애호박은 지난여름 그의 밭에서 자라 햇볕에 말린 것이었다. 그는 향기로운 들기름을 프라이팬에 두르고 밤새 불린 호박오가리를 볶기 시작했다. 어느 정도 볶아졌다 싶을 때 들깻가루 빻은 것에 소금간을 하고 그것을 물에 개어 섞었다. 소박한 밥상이 차려진 것이다.

들기름의 푸근한 향기와 들깻가루 반죽의 풍성한 식감, 갓 지은 따끈한 밥⋯⋯. 서울에서 나는 이런 밥상은 차리지 않는다. 다이어트를 위해서라면 몰라도 말이다. 그런데 지리산 산골에서 오랜 산책과 노동 후에 먹는 밥은 달랐다. 밥은 달았고 찬은 충분했다. 나는 이 신비가 어디서 오는지 잠시 의아했다. 그리고 내가 내린 결론은 서울에서의 내 삶은 거꾸로 너무도 비욕망적이라는 것이었다. 서울에서의 내 삶은 배가 고프기도 전에 무언가를 먹는 삶이었다. 나 개인의 고유한 상태와는 아무 상관없이 시계가 가리키는 대로 무언가를 입에 넣는 삶 말이다. 그리고 어딜 가든 먹을 것이 넘쳤다. 실은 나는 서울에서는 배고프지 않았다. 배고픔이 없는 음식은 일종의 놀이였는지도 모르겠다. 혹은 거짓 위안 같은 것 말이다. 거기에는 진정한 욕망과 진정한 충족이 어쩌면 제거되어 있었다.

그런데 지리산에 와서 며칠을 지내노라면 나는 늘 배가 고프곤 했다. 시간이 흘러 배가 고픈 것과 육체노동 후에 배가 고픈 것은 또 달랐다. 배가 고프다는 느낌이 배 속 깊이에서 올라왔다. 그리고 밥을 먹으면 입안에서 밥이 아주 달았고 배 속 깊이까지 내려가는 것 같았다. 그가 차려준 소박한 밥상의 애호박고지나물은 당연히 술과도 잘 어울렸다. 최도사와 나, 그리고 버들치가 만났는데 술이 빠질 리가 없으리라. 그렇게 술을 마시던 중 선거 이야기가 나왔다. 곧 다가올 선거로 악양면에도 플래카드가 붙어 있었다.

두 번의 울음으로
끝난 강연

우리 생애에는 잊지 못할 선거가 몇 개 있다. 아마도 1987년의 첫 직선제 선거, 1997년의 정권교체를 이루었던 선거, 2002년 한밤중의 '정몽준 사태'로 불안하게 지켜보았으나 끝내 무명의 인권 변호사 노무현을 대통령으로 만들었던 선거, 그리고 2012년의 선거였을 것이다. 그 선거가 독재자의 딸이 대통령이 되는 것으로 귀결된 날 아침 버들치는 제대로 들지도 못한 잠에서 일어나 장작을 팼다고 했다. 그는 두 팔로 자신이 장작 패는 모습을 재연해 보였다. 그의 말만 들으면 영화 〈채털리 부인의 사랑〉에서 채털리 부인의 정부인 근육질 남자를 떠올려야 하는데 실상 호리호리한 그가 장작을 패고 있으면 후배들이 달려와 도끼를 빼앗는 것을 나는 알고 있다. 하지만 일단은 입을 다물었다. 버들치 시인의 표정이 자못 진지했기 때문이다.

"그런데 그다음 날 마침 그전에 약속해둔 경남의 한 고등학교 강연이 있었어. 선거에 진 것보다 그게 더 걱정인 거야. 약속은 지켜야 하는데 도저히 갈 수 없었어. 게다가 경상도 아이들 앞에 설 자신이 없는 거야. 막 밉고 그랬으니까. 그래서 교장 선생님께 전화를 걸어 솔직히 말씀드렸어. 갈 수 없다고, 경상도 아이들을 바라볼 자신이 없다고. 그러자 교장 선생이 내 말을 끝까지 듣더니 '예, 시인님. 이해합니다' 하면서 '그럼 오셔서 왜 강연을 할 수 없는지, 왜 경상도 아이들을 볼 수가 없는 기분인지 바로 그 이야기를 해주세요' 하는 거야."

나도 좀 놀랐다. 그런 교장이 계시나 싶었던 거다. 약속을 하면 하늘이 무너져도 지켜야 한다는 버들치는 그래서 그 고등학교로 갔단다. 아이들은 강당에 모여 이 시골 시인을 기다리고 있었다. 버들치는 그 특유의 느린 말보다 더 느린 속도로 입을 열었다.

"여러분…… 저는…… 오늘…… 여기…… 올…… 수가 없다고 …… 생각했습니다."

그는 솔직히 이야기했다. 왜 갈 수 없다고 생각했는지, 왜 올 수가 없었는지, 왜 경상도 어린 친구들이 미웠는지, 그런데 왜 왔는지……. 그리고 그만 마이크를 잡고 엉엉 울어버린 것이다. 말썽꾸러기 아이들이 모인 시끌시끌한 강당은 물을 끼얹은 듯이 조용해졌다. 겨우 울음을 그치고 짧은 강연을 마무리하며 그는 말했다.

"죄송합니다. 제 말은 여기까지인데 혹시 질문이 있으면 받기로 하지요."

그러자 학생들 틈에서 한 아이가 손을 들었다. 무선 마이크가 건네지자 그 학생이 말했단다.

"시인님, 오늘 강연 잘 들었습니다. 우리 이제 2년 있으면 선거권 나와요. 오늘 시인님을 보고 많이 깨달았습니다. 우리가 결코 지역감정에 얽매이지 않고 투표 잘할 테니 이제 울지 마세요."

학생의 말은 진지했다고 한다. 듣고 있던 학생들도 고요했다. 그러자 그의 말을 다 듣던 버들치 시인은 그 자리에 주저앉아 다시 울기 시작했다. 경상도 학생들이 너무 고맙고 예뻐서였다. 그렇게 두 번의 울음으로 그 강연은 끝났다고 했다.

이 슬픈 말을 들으며 우리는 배꼽을 잡고 웃었다. 세상에 그 학생들은 버들치를, 그가 두 번이나 엉엉 운 강연을 잊을 수 있을까? 아마 평생 못 잊을 것이다. 그건 아마도 진심의 힘이었을 것이다. 어떤 시보다 명징한 언어인 진심 말이다.

사람에게는 얼마만큼의
사랑이 필요할까

담백하고 짭조름한 유곽

어느 날 시인이 호기롭게 소리쳤다.

"내가 유곽을 해줄게. 물론 이성복의 그 '정든 유곽'(시인 이성복의 〈정든 유곽에서〉를 일컬음)은 아니야."

시인은 싱긋 웃었다. 아직도 노총각이라서 그럴까(자신은 가끔 총각을 넘어 독거노인이라고 한탄하지만), 버들치 시인은 가끔 우리

사이에서 하나도 외설스럽지 않은 말을 뱉어내고 우리의 눈치를 살피며 살살 웃었다. 자기가 이렇게 센 농담을 뱉었으니 '너희들 깜짝 놀랐지?' 뭐 이런 표정이었다. 우리가 그 엷은 농도에 어이가 없어서 잠시 어안이 벙벙한 표정을 지으면, 그게 자기가 깜짝 놀랄 농담을 했다는 건 줄 알고 의기양양해하는 것이었다.

예를 들어 이런 것도 있다.

"곶감 말리는 게 보통 일이 아니에요. 만져줘야 해. 알았지, 만져서 늘 모양을 만들어줘야 하는 거지. 몰랑몰랑한 걸 가지고 말이야. 그런데 이 곶감은 만져주면 만질수록 더 힘이 빠져요. 크크…… 하이고 배야."

시인은 이런 말을 뱉어놓고 혼자 고개를 뒤로 젖히고 막 웃어댔다. 그리고 당연히 모두가 웃을 줄 알고 고개를 들어 정신을 차리고 나면 우리들의 멀뚱한 얼굴을 마주하게 되는 것이다. 그러면 그는 상황이 좀 이상하긴 하지만 다시 한번 설명을 해주면 이 세상에 안 웃을 사람이라고는 없다는 생각을 하는 듯 잠시 고개를 갸웃했다가 다시 웃음을 터뜨리며, 심지어 그 웃음 때문에 제대로 말을 잇지 못하며 말했다.

"웃기지 않니? 만지면 만질수록 힘이 빠지고 시들어요. 우하하하."

상황이 이쯤 되면 우리들 중의 착한 몇은 따라 웃어주었다. 오스카 와일드 식으로 이야기하면 언제나 착한 사람들이 있어서 재미없는 농담을 하는 사람들이 여전히 존재하는 모양이다.

우리들은 아직도 봄이 코앞에서 아른거리는 거제도의 몽돌해변에서 만났다. J의 초대였다. J는 대개 명절이 끼거나 버들치 시인이 외로워할 만한 때에 시인과 최도사를 초대했다. 맘 씀씀이가 참으로 고마운 친구였다. 그런 J에게 시인은 오랜만에 해물 요리를 접대하겠다고 말을 꺼낸 것이다. 검색해보니 정말 유곽이란 요리가 있었다. 대합조개나 개조개(대개는 가격 때문에 개조개나 큰 조개를 쓴다)에 여러 가지 채소와 양념을 곁들여 찌는 요리였다. 그 이름이 유곽이라는 게 신기했다. 유곽의 양념은 그야말로 천차만별이었다. 고추장으로 양념을 해서 넣는 것에서부터 된장 양념, 소금 양념 등등이 그것이다. 나도 애들이 어렸을 때 이런 요리를 했던 기억이 난다. 내 요리에는 밀가루와 치즈 그리고 달걀이 들어갔었다.

시인은 먼저 큰 조개의 살을 발라 다지고 양파와 당근, 파란 고추와 붉은 고추(너무 맵지 않은 것으로 말이다)를 아주 잘게 다졌다. 슴슴한 맛을 좋아하는 버들치 시인은 간을 따로 하지 않았다. 조개가 머금고 있는 저 스스로의 짠맛만 더한 것이다. 먼저 프라이팬에 기름을 살짝 두르고 양파, 당근, 풋고추 등을 볶다 채소들이 거의 숨이 죽을 때쯤에 역시 다져놓은 조갯살을 투척해서 살짝 볶는다.

"알겠지, 꽁지야. 잘 익는 것은 나중에, 잘 안 익는 것은 먼저."

오랜만에 버들치 시인이 하는 요리를 보고 있다가 최도사가 거들었다.

"그게 평등이지."

나는 깜짝 놀라 최도사를 보았다. 최도사는 산중에서 컴퓨터도 없이 살고 있었는데 지난 대선 때부터 '더러운 세상'을 개탄하기 시작했던 것이다. 컴퓨터 없는 그가 잠잠산방(최도사의 집)에 가끔 놀러 오던 예쁜 언니들의 권유로 누군가 건네준 스마트폰을 통해 팟캐스트를 듣기 시작하면서였다. 나는 가끔 그의 발언 수위가 걱정이 돼서(?) 누가 뭐래서가 아니라 도 닦는 데 방해될까 싶어서(?) 하여간 그의 말을 제지하곤 했다. 그런 그가 요리를 보고 평등을!!

아주 따스한
안부 하나의 사랑

장자의 말씀에 따르면 좋은 군주는 군주가 있는지 없는지 모르게 하는 군주라고 했는데, 이 산골의 잠잠산방에서 무위도식을 최고의 낙으로 삼는 교주 최도사까지 가끔 '이 더러운 세상' 하는 걸 보면 많은 것이 확실히 제자리에 없는 것은 확실했다.

그러자 일곱 달이나(!) 먼저 태어난 형이기에 언제나 최도사에게만은 군림하기를 즐기는 버들치 시인이 말했다.

"그래, 너 요새 뭘 좀 아는구나!"

그러자 더욱 의기양양해진 최도사가 대꾸했다.

"남들은 내가 세상하고 아무 상관 없이 산다고 하지만 안 그래. 이 산중에 앉아 경기를 체감하는 건 내가 제일 빨라. 하다못해 주식이 오르고 경기가 좋으면 후배 놈들이 담배 보루라도 사가지고 오는데, 경기가 나빠지고 흉흉해지면 나한테 와서 울기만 하거든. 그럼 내가 소주를 사주지만 말이야."

최도사의 말을 들으니 그럴듯했다. 우리의 감탄사가 이어지자 최도사가 더 나갔다.

"그래서 내가 늘 우리나라의 평화와 경제성장을 기원하잖아."

"야야, 시끄럽고 이거나 얹어."

시인은 최도사의 말을 막으며 '짠!' 하고 새로운 재료를 하나 들어 보였다. 모차렐라 치즈였다. 바야흐로 시인의 밥상에도 새로운 이탈리아의 물결이 도래한 모양인데, 시인의 말에 따르면 '젊은 친구들이 좋아해서'라는 거였다. 우리는 채소와 조갯살로 버무린 속을 소복하게 얹은 조개를 찜통에 가지런히 넣고 일부에는 모차렐라 치즈를 올렸다.

찜통의 김이 조개껍데기 위의 소복한 소를 익힐 때까지 우리는 리조트 테라스에 나와 바다를 보았다. 언제나처럼 바다는 잔잔했다. 언제나처럼 바다는 푸른빛이었고 언제나처럼 바다에는 작은 일렁임이 파도로 드러나곤 했다. 바람은 찼지만 나는 알고 있었다. 분명 이 순간 바람은 차고 뺨이 시릴지라도 봄이 오고 있다는 것을. 이 햇살의 빛이 노랑노랑해지는 것이 그 증거였다. 우리들은 무릎담요를 덮고 요리를 기다렸다. 드디어 김이 모락모락 피어오르는 유곽을 예쁜 접시에 담아 버들치 시인이 나타났다.

소주를 머금기도 전에 나는 얼른 그 맛을 보았다. 담백하고 부드러우며 짭조름한 맛이 일품이었다. 모차렐라 치즈를 얹은 것은 젊은 친구들에게 양보하고 나는 밥도 안 먹고 유곽을 세 개나 먹었다.

그렇게 바다의 내음을 간직하고 돌아오니 집에 곶감 한 상자가 도착해 있었다. 최도사 형이 보낸 것이었다. 가진 것 없는 형은 가끔 내게 이런 걸 보냈다. 한번은 송이버섯이 한 상자 왔기에 전화를 해서 대뜸 "벼룩의 간을 빼먹지, 내가 이걸 어떻게 받아?" 하니까 최도사 형이 천천히 말했다.

"나…… 벼룩 아니야. 그리고 나 네가 아프지 말았으면 좋겠어."

그때 내 눈에 눈물이 와락 고였던 거 같다. 하나는 나도 모르게 그에게 상처를 주었다는 사실 때문이었고, 두 번째는 그가 세간에 오르내리는 내 이야기 때문에 상처받고 있다는 것을 알게 되었기 때문이었다.

"난 괜찮아" 하고 말하자 그는 화를 버럭 내며 "널 사랑하는 사람들이 안 괜찮아!" 했다.

그 기억이 떠올랐던 거다. 나는 곶감을 차마 다 입에 넣지 못하고 문자메시지를 보냈다.

"고마워, 형. 잘 먹을게."

그러자 최도사가 메시지를 보냈다.

"아프지 마라."

"사람에게는 얼마만큼의 땅이 필요할까" 하고 톨스토이는 썼다. 사람에게는 얼마만큼의 사랑이 필요할까. 아마도 아주 작은, 아주 작고 따스한 안부 하나 만큼의 사랑이 필요한 건 아닐까.

반갑고 궁금하다

그러니까 우리 나이로

육십, 예순, 이순,

내가 이 나이를 먹었다니 신기하기도 하고

잘 견뎌주었구나

다른 이들의 주관적, 객관적인 평을 떠나

스스로의 몸과 영혼에 대견하고 흐뭇하기도 하고

(고백건대 자꾸 똥배가 나오는 것에 대한

심한 부끄러움과 이에 대한 도의적 · 존재적 책임을 통감하고 있다)

궁금했었다 호기심이 많은 아이의 눈처럼

불혹의 사십, 그 얼굴이 궁금했으며

지천명의 얼굴이, 이순의 얼굴이 궁금했다

더듬어보니 사십의 나이가 되던 그 전날 밤에도

불을 끄고 잠들기 전 거울을 보고

눈을 뜬 아침

제일 먼저 거울을 보며 흠~

어제와 다를 바는 없지만 불혹의 얼굴이 이렇게 생겼단 말이지

이 불혹의 얼굴을 기억해야지

그랬던 것이다

오십에도

육십에도……

눈보라가 치던 날 없었겠는가

비바람이 불고 때아닌 우박이 내리기도 했으며

눅눅한 장마의 습기와

꿈틀거리는 욕망과 무너지는 영혼의 폐허와

증오와 분노와 적개심과 시기심과 탐진치의 늪에 빠져 허우적대던 날들

불면을 이루던 문학적 열정과 갈망과

존재에 대한, 아니 그 부재에 대한 물음과 방황의 숲을 헤매던 날들

아직 한겨울, 매화꽃이 피었다

누군가는 철없음을 꾸짖고 누군가는 고고한 기개를 배운다

내게 저 엄동의 매화가 피며 나태한 정신을 꾸짖지 않았더라면

내게 온몸으로 고통을 통과하며

향기를 깨워내는 한잔의 차가 곁에 없었더라면

사람들의 발자국 소리 고맙고 따듯하게 들리지 않았더라면

이순의 강, 건너오지 못했을 것이다

예순 살, 올해는 또 어떤 일들이 내게 올까

나는 또 어떤 가지 않은 길을 걸어가고 그 길의 인연들을 만날까

다가오며 다가설, 걸어오며 걸어갈 길과 길에서의 인연들이여

내 몸과 영혼이 작고 가벼워질 때까지

달의 뒷면은 몰라도
내 뒷면은 아는 친구들
심원마을 백 여사의 산나물 밥상

대보름이 오자 시인은 "가자" 하고 말했다. 시인이 가자는 곳은 '하늘 아래 첫 동네'라고 일컬어지는 심원마을이었다. 심원마을은 지리산 반야봉(해발 1751미터)과 노고단(1507미터), 만복대(1438미터) 사이의 가장 깊은 곳에 있는 오지이다. 1988년 올림픽이 개최될 무렵이 되어서야 전기가 들어오고 길이 뚫렸으니 더 말할 것도 없었다. 오늘은 친구들이 많이 모이기로 했다. 장수에서 '하늘내 들꽃마을'(농촌 체험마을)을 운영하는 후배도 오고, 작곡가 보리 님과 함께 버들치 시인의 시를 작업하는 가수 진진도 딸을 데리고 온다고 해서 나는 늘 지리산에 내려갈 때마다 준비하는 '메이드 인 서울' 케이크와 커피를 준비했다.

산꼭대기라서 그랬기도 했지만 날은 아직 추웠고, 며칠 전에 내린 눈으로 도로 곳곳은 빙판이었다. 우리는 서울에서 부지런히 떠났기에 약속 시간보다 조금 일찍 지리산에 다다랐다. 구례에서 천은사를 지나 심원마을로 오르는 길로 들어서기에 내가 일행을 꼬드겼다. 심원마을 가기 전에 있는 해발 1100미터 성삼재 휴게소의 막걸리를 맛보고 가자는 아주 바람직한 제안에 일행이 마다할 리가 없었다.

성삼재는 마한 시대에 성이 다른 세 명의 장군이 이 재를 지켰다고 해서 붙여진 이름이라는데, 나는 예전에 '낙장불입 시인'(이원규)과 함께 한여름 지리산 더위를 피해 이곳으로 온 적이 있었다. 그때 아직 에어컨이 없던 집에서 시인은 '더우면 올라간다'는 신조를 가지고 있다고 했다. 그래서 그때 시인을 따라 올라오니 정말 좋았다. 물론 사람이 아주 많았지만 말이다.

평일, 그것도 눈이 그친 지 며칠 안 된 휴게소는 아주 한산했다. 우리는 휴게소의 통나무보다 더 크고 둥근 통나무 난로 옆에 앉아 도토리묵과 막걸리를 먹었다. 창밖으로는 파도치듯 굽이굽이 산맥들이 밀려오는데 등 따신 난롯가에서 먹는 찬 막걸리라니. 나와 함께한 젊은 일행은 이 세상에 이런 무릉도원적 경지가 있다는 생각에 아마도 긴 운전의 피로도 잊은 듯했고, 나는 또 나대로 이런 경지를 전수해준다는 생각에 흐뭇할 따름이었다.

약간의 알코올과 향내 나는 도토리묵을 먹은 우리는 약속된 장소인 심원재 초가집으로 갔다. 일행은 벌써 와 있었고, 언제나 그렇듯 우리를 반기는 백효준 사장님 겸 요리사 겸 재료채취가는 벌써 상을 차리고 계셨다. 단언컨대 뉴욕이나 파리로 가서 이 식당을 채식주의자들을 위해 연다면 틀림없이 대박이 날 것이었다. 먼저 나물은 산취, 쑥취, 지리취, 곰취, 선비나물, 신선초, 뽕잎, 죽순, 목이, 바다나물, 선비대, 고사리, 질경이⋯⋯. 그게 그거같이 보여도 맛과 모양이 다 다르다. 광주에서 살다가 1984년, 지금은 서른다섯이 된 아들을 둘러업고 산이 좋아 이곳에 정착했다는 백 여사. 그녀는 봄이 되면 주말에만 장사를 하고 평일에는 나물을 캐러 다닌다고 했다. 나는 그저 채식만 하는 것을 좋아하는 사람이 결코 아닌데도 이 나물 맛은 기가 막혔다. 백 여사께 살짝 비결을 물었다.

"먼저 냄비 물이 끓으면 마른 나물을 넣었다가 바로 꺼낸다는 기분으로 데쳐요. 그리고 찬물에 대여섯 시간 담가놓는 거야. 그

다음에 깨끗이 씻어서 건져. 프라이팬에 미리 만들어놓은 국물, 그러니까 무, 표고버섯, 다시마 넣고 푹 끓인 거……. 여기에 메루치는 안 들어가요잉. 국물을 나물이 폭폭 하게 잠길 정도로 잘박하게 붓고 집간장하고 식용유로 볶아. 절대 빡빡하게 하면 안 돼이. 나물이 젖어들도록 볶다가 거의 물이 졸아갈 때 불에서 내린 후에 참기름하고 참깨를 넣어주면 돼요. 들깻가루는 죽순, 표고, 목이, 토란대에 넣고 말이제."

나물과 마가목주 한잔,
이걸로 충분하다

나물은 보드라웠고 삼삼하게 간이 맞았으며 목 넘길 때 씁쓸한 향이 이 세상 어떤 요리보다 맛이 있었다. 간장은 고로쇠물을 쓰고 숯 대신 옻나무를 쓴다니 특별하기도 했다. 직접 쑤었다는 도토리묵은 보드랍고 고소했다. 가뜩이나 먹을 것을 좋아하는 나지만, 말도 하지 않고 허겁지겁 먹고 있는데 최도사 형이 술을 한잔 권했다. 지리산 마고할미처럼 손이 크고 인심이 좋으신 백 여사께서 특별히 하사하신 마가목주였다. 혈액 곳곳에 맺힌 혈을 풀어주어서 일명 '안티푸라민주'라고 불린다는 마가목주는 입에 달

달의 뒷면을 본 사람은 없다고 했다.
그런데 나는 안다.
이곳에서 이 좋은 친구들은 내 뒷면을 안다는 것을.
보지는 못했겠지만 어여삐 여겨준다는 것을.

왔다. 나물의 제왕이라는 병풍치(해발 1200미터에서만 자란다), 생강나무순, 그리고 삼채(다시마, 인삼, 산마늘 맛이 다 난다고 해서 삼채다), 산뽕나무 초절임은 또 어떤가? 고추장, 된장박이와 청국장은……. 아니, 게다가 한 사람 앞에 하나씩 지어 돌솥에 나오는 석이버섯밥이라니……. 내가 황홀한 표정을 지으며 맛있다는 말을 연발하자 최도사 형이 불쑥 말했다.

"꽁지 너는 맛없다는 게 없잖아."

"쳇, 무슨 소리야? 내가 입맛이 얼마나 까다로운데……. 대신 나는 맛없으면 안 먹어."

내가 대꾸하자 최도사 형이 다시 말했다.

"그런 게 없던데? 다 잘 먹잖아."

"맛없으면 조용히 숟가락 놔버리지. 내가 맛없다 하면 다른 사람까지 입맛이 없잖아. 내가 다 착하니까 그러는 거지."

최도사 형이 뭐라고 다시 말하려고 하자, J가 끼어들었다.

"아유, 도사 형. 꽁지 언니, 오늘은 봐주자. 언니야 많이 힘들다."

내가 문득 고개를 들자 사람들의 분위기가 일순 조용해졌다. 이곳에 모이기 전날, 면직된 신부가 명예훼손으로 날 고소한 사건이 유죄 취지로 검찰에 송치되었다는 것이 여러 신문과 방송에 크게 났기 때문이다. 이미 만 하루 동안 나는 참선과 기도와 성질과 성토 그리고 수다를 통해 마음을 비웠지만 여기 와서 보니 이 상황이 결코 불리하지 않다 싶었다. 얼마 만에 받아보는 동정 어린 우호적 분위기란 말인가.

"맞아. 언니야가 언제나 남 배려하고 그러는 거, 오늘은 자랑해. 까짓것 해."

그러자 문득 아까 진진의 4학년짜리 딸이 했던 말이 생각났다. 에잇, 자랑하라는데 뭐, 싶어 나는 더 나갔다.

"그리고 아까 진진이 딸이 J한테 그러는 거야. '아줌마, 왜 배가 그리 나왔어요?' 내가 착해서 거기 끼어들며 '응, 얘야 나이가 들면 원래 배가 나오는 거야' 하니까 진진 딸이 나보고 '그런데 아줌마는 안 나왔잖아요?' 하는 거 있지? 그래서 내가 '응, 아줌마는 요 며칠 기가 막혀서 나왔던 배가 잠시 들어갔어' 이랬다는 거 아니야. 하하하."

내가 큰 소리로 웃었는데 아무도 웃지 않았다. 착하고 배려심 깊은 J만 "그래그래. 맞아 맞아" 하고는 말이다. 나는 하는 수 없이 마가목주만 연신 비웠다.

세상 어디에서도 얻지 못하는 이상한 연민과 속 깊은 동정을 이곳에 오면 얻는다. 사람을 돈으로 평가해서가 아니라 연봉 100만 원이 안 되는 최도사는 물론, 관값 300만 원을 어떻게든 잔액으로 남기려고 애쓰는 버들치 시인도 그렇다. 마치 친정에 온 듯

한 기분이랄까. 이곳에서 나는 언제나 도시의 비정함에 자주 맘을 다치는, 서울 간 여동생을 보는 것 같은 눈길을 받으니까 말이다.

그날 밤, 달이 떴다. 달 옆에 목성도 떴다. 우리는 백 여사가 숯불에 구워주는 닭구이를 먹으며 덜덜 떨며 달맞이를 했다. 달의 뒷면을 본 사람은 없다고 했다. 그런데 나는 안다. 이곳에서 이 좋은 친구들은 내 뒷면을 안다는 것을. 보지는 못했겠지만 어여삐 여겨준다는 것을. 이것이 우정이라고 나는 그날 달을 보며 문득 생각했고, 찬 대기 속에서 그들과 소주잔을 부딪쳤다. 쉰이 넘으며 모든 것이 부질없음을 날마다 더 절감하는 나는 생각했다. 충분하다, 참으로 충분하다고.

신이 어찌
어여삐 여기시지 않으랴

심원마을 백 여사의 능이석이밥

달은 밝고 술은 술술 잘 넘어가는 밤. 2리터들이 마가목주가
서너 병째 나올 무렵 버들치 시인이 말을 꺼냈다.

"꽁지야, 거, 그 배 있잖아. 내가 탄 거, 그거, 불난 거. 그거 말
이야. 내가, 엉? 내가 마저 이야기할라고 해. 응?"

나와 함께 간 일행이 "와" 하고 가벼운 탄성을 질렀다. 예고편

만 10년째 돌리던 영화가 이제 개봉된다고나 할까?

재벌 상선이 시인 다섯 명을 싣고 네덜란드 암스테르담을 향해 가던 때 났던 그 화재 이야기를 이제야 듣나 싶었지만 나는 비관적이었다. 그가 또 어디선가 길고 긴 묘사로 진을 빼면, 가뜩이나 밤도 깊었는데 또다시 모두가 곯아떨어지고 이제 그 이야기의 전말은 영원한 전설로 남을지도 몰랐다. 그런데 그는 연습이라도 해온 듯이 의외로 본론으로 들어갔다. 자기가 어디서 말을 끊었는지도 기억하는 것 같았다. 우리는 그날 그가 자기 방으로 들어가서 샤워를 끝냈다는 것까지 들었으니까.

"그래서 샤워 끝나고 앉았는데 갑자기 어디선가 쿵 하는 소리가 들리더니 배가 기우뚱하는 거야."

사람들의 눈이 긴장으로 빛났다. 아아, 이건 반전이다. 이렇게 빨리 본론으로 가다니.

"이게 뭐지, 하고 생각하는데 다시 쿵 하더니 배가 다른 편으로 기우뚱하는 거야. 나는 대포에 맞았다고 생각했지. 어이쿠 싶어 얼른 옷을 입었어. 죽더라도 쪽팔리지 말아야겠다 싶어서. 그랬더니 누군가 방문을 두드리는 거야. '대피하십시오. 어서 갑판으로 모이세요.' 나는 문을 열고 뛰어나갔지. 함께 탔던 여성 시인들도 모두 갑판으로 왔어."

우리는 이제 십여 년 전처럼 편하게만 이야기를 듣지 못했다.

그렇게 나오라는 사람이 없어서 죽어갔던 우리의 아이들…… 그 생각이 모두에게 떠올랐기 때문이다. 다른 날 같으면 세상 누구보다 아이들 때문에 괴로워했을 버들치 시인은 그러나 얼마나 연습을 해왔는지 그답지 않게 급하게 말을 이었다.

"보니까 이미 불이 번져오고 있었어. 쿵 하는 소리는 물건을 싣고 가던 컨테이너들에 불이 붙어 그게 터지는 소리였던 것이야."

맙소사, 쇠로 만든 1톤짜리 컨테이너가 터지다니……. 시인이 느리게 말을 하지 않았다면, 그리고 그게 10년 전 일이 아니었다면 우리는 얼마나 큰 충격을 받았을까.

"거기가 말이야, 아덴만이라고, 세계지도를 보자면 왼쪽으로는 아프리카 엉덩이가 있고 오른쪽으로는 아라비아 예멘이 있는 소말리아 앞바다인 거야. 그 무서운……."

만일 이게 영화였다면 우리는 얼마나 마음을 졸였을까. 어둠은 내리고 바다는 죽음처럼 망망하고 불은 배 위에서 번지며 컨테이너가 터져나가는 상황. 게다가 불보다 무서운 소말리아 바다.

"우리가 조바심을 내고 있는데 선원이 오더니 '저기 네덜란드 상선이 나타났어요. 구조 신호를 했더니 우리를 모두 구해주겠다는 겁니다. 이건 기적이에요. 어서 내려가세요' 하는 거야."

이 순간 버들치 시인도 숨이 막히는지 술을 한 모금 꿀꺽 마셨다. 생각보다 심각한 상황이었다. 우리가 그동안 그를 너무 놀렸

나 싶었다.

"생각해봐. 상선이 보트를 내렸는데 갑판에서 바다까지가 7층 높이야. 달랑 그물 사다리를 내리고 그걸로 내려가는 거야. 그래도 내가 남잔데 여성 시인들부터 내려가라 했지. 벌벌 떨면서 여성 시인 하나가 먼저 내려가는데 밑은 시커먼 바다에 바람이 획 불면 사다리가 뒤집히는 거야. 그럼 거꾸로 대롱대롱……."

아아, 고소 공포증에다 물 공포증까지 있는 나는 필히 죽었을 것이다. 어지럼증에 그만 손을 놓치고 깊은 바다로 떨어져 내렸을지도. 젊고 가녀린 여성 시인들은 얼마나 무서웠을까.

"정말 고맙게도 선원들이 우리를 독려하며 나까지 내려가라고 한 다음에야 자기들이 내려오더라구. 그렇게 보트에 탔지. 그런데 노를 저어 가서 다시 5층 높이의 네덜란드 군함에 타야 하는 거야. 다시 그 그물 사다리에 올라서……."

우리는 모두 말없이 술만 꿀꺽꿀꺽 마셨다.

"신기하지. 네덜란드 암스테르담이 목적지였는데, 네덜란드 암스테르담에서 온 배를 탄 거야. 기적이었어. 한 명 다치지도 않았어. 만일 그 배가 아니었다면, 혹은 구조를 거절했다면 우리는 소말리아 해적들한테……. 생각만 해도 끔찍해. 으으으."

넋을 잃고 듣고 있던 우리는 누가 먼저랄 것도 없이 손뼉을 쳤다. 그건 어떤 의미였을까. 살아와준 시인과 여성 시인들을 위해,

가던 길을 멈추고 구해준 네덜란드 선박을 위해, 책임을 다해준 선원들을 위해, 그리고 10년이 걸려 결국 사건의 전말을 이야기 해준 시인을 위해!

세상 누구보다
호사스러운 삶

내가 문득 말했다. 오래전부터 생각해온 것이었는데 입 밖으로 내는 것은 처음이었다.

"참, 형 보면…… 인생의 어떤 절체절명에 꼭 누가 와서, 혹은 천운으로 살아나. 형도 알지?"

버들치 시인이 빙그레 웃으며 고개를 끄덕였다. 그도 그것을 생각하고 있는 것 같았다. 나는 그가 그렇게 생의 위기에서 신비롭게 도움을 받는 것을 여러 번 듣고 보았다.

"그러니까 얼른 다시 성당 다녀, 요한 보스코 형제님."

그러자 그가 크게 웃었다.

하지만 나는 안다. 언제든 작은 것도 나눌 준비가 되어 있는 그였다. 북녘 어린이 돕기부터 시작해 아주 작은 것이라도 생기면 그는 자기가 급히 쓸 것만 빼고 다 기부했다. 그는 나누었고 그는

주었다. 신기하게도 그런 그는 세상 누구보다 호사롭게 산다. 여행을 하고 제철에 난 산나물과 해산물을 먹는다. 손수 덖은 차를 마시고 지리산 소에 가서 수영을 한다. 그를 보고 있으면 '버리면 얻는다'는 단순하고 무서운 진리가 우리 가까이에 있음을 알게 된다. 신이 어찌 그를 어여삐 여기시지 않으랴.

다음 날 일어나니 백 여사가 청국장을 끓이고 능이석이밥을 해놓으셨다. 청국장은 사흘 밤낮을 띄워 만들었다는데 무, 멸치, 두부, 호박, 표고 등을 넣고 된장으로 간을 해서 삼삼하고 구수했다. 능이석이밥은 쌀을 밤새 불렸다가 물을 1:1로 넣고 능이와 석이 등을 얹어 돌솥에 지은 것이었다. 내가 "저도 여기서 이렇게 살고 싶어요" 하자 백 여사가 한숨을 쉬며 이야기를 꺼냈다. "여기 없앤다고, 돈 줄 테니 나가래요. 어떻게 해요? 우리는 이제 산이 아니면 못 살아요."

힘도 없는 내게 하소연하는 것을 들어보니 여기서도 열다섯 가구밖에 안 되는 집들을 차등으로 보상하고 회유해서, 그 작은 산골마을이 찬성파와 반대파로 갈라지게 만들었나 보다. 정치는 미세먼지보다 무섭게 이 산골까지 파고든다. 우리가 간다고 내가 잘 먹는 밑반찬을 싸주신 것을 받아 들고서 "여사님, 다음 선거 때까지만 버텨보세요" 겨우 말했다. "나도 이런 데 와서 강아지 새끼 낳는 거 보고 나물 캐며 살고 싶어." 호기롭게 밤을 패며 말하던 나는 그녀의 집에서 돌솥만 하나 얻어 산을 내려왔다. 다시 도시를 향해 말이다.

홍매화 핀 날 녹두전

녹두전,

길을 가다 음식점에 녹두전이라는 문구를 보면

가던 발걸음을 잠시 멈춰보거나

고개를 돌려 쳐다보고는 한다

오랜 버릇이다

올해는 뜬금없이 안 하던 짓을 했다.

아버지가 좋아하던 음식 중에 비계가 있는 돼지고기를 썰어 넣고

김치 줄기가 길게 펼쳐진 녹두전, 내가 맷돌을 돌리면

어머니는 숟가락으로 물에 불려 있는 녹두를 한 숟가락씩

맷돌 구멍에 떠 넣으며 두런두런하던 옛날이 생각났다

그 녹두전은 아니지만

녹두가루를 사다가 김치만 씻어 쫑쫑 썰고 반죽을 해서

두 장을 새카맣게 태워먹는 시행착오를 거친 후,

녹두전과 내가 만든 곶감과 동치미와 발효차를 한 잔 올리며

제사를 지냈다

제사 끝내고 맛본 녹두전, 녹두를 직접 갈아서 만든 것에 비하면

식감이 사뭇 떨어지기는 했지만 파는 것보다는 괜찮았다

주룩주룩 비 오는 날

마당에 핀 홍매화

우산 들고 화장실 가는 길이 향기롭네

아버지 홍매화가 피었네요

얼었다 녹았다 빛깔이 좋지 않아서 제사상에 올리지 못했는데

오늘 봄비에 저렇게 선명하게도

아침에 잠시 비가 긋나 했더니

다시 비

홍매화가 비에 다 젖는데

어쩐다지

우산이라도 받쳐줘야 할까

3부

벚꽃
흐드러진 계절에
삼킨 봄

벚꽃과 꽃게, 아카시아와 민어, 보름달과 간장게장,
지금과 여기

J와 버들치 시인의 도다리쑥국

나의 어머니는 음식 솜씨가 좋으셨다. 어머니는 철철이 나는
음식을 우리에게 잘 해 먹이셨다. 아무래도 서울의 큰 시장이 외
가의 무대였고 그 시장에 전국의 특산물이 모이니 가능했을 것
이다.

"벚꽃이 피고 마늘대가 올라오면 꽃게가 제일 맛있는 때지. 그

래서 꽃게탕에는 마늘대가 들어가야 맛있단다." 어머니는 말씀하셨다. "아카시아가 피면, 민어를 먹어야 해" 하셨다. 어머니는 매운탕을 끓이기 전에 민어 살을 포로 떠서 불고기 양념에 재워 두셨다. 이건 나중에 숯불에 구웠다. 그리고 남은 뼈와 살은 고아 우리들의 국물로 쓰셨다. 추석 무렵에는 꽃게를 한 상자 사 와 독에 넣고 간장을 달여 식혀 부으셨다. 식사 때가 되어 엄마 심부름으로 간장독에서 게를 두어 마리 꺼내오면 기와지붕 위로 달이 둥그랬다. 엄마는 꽃게의 배를 쪼개어 알을 따로 접시에 담고 게딱지에 밥을 비벼주셨다. "이 게딱지가 바로 열 번을 비벼 먹고 맏아이에게 준다는 맛있는 게딱지란다." 얼마나 짜면 밥을 열 번 넣어 비벼 먹고 다시 그걸 맏아이에게 줄까.

보리가 패면 달지 않은 보리고추장에 끓인 조기매운탕이 있다. 장마가 시작되면 보리굴비와 오이지. 그렇게 사계는 음식만으로도 뚜렷이 구분되었던 거 같다. 벚꽃과 꽃게, 아카시아와 민어, 비와 오이지. 보름달과 간장게장.

3월이 갈 무렵, J는 우리의 단체방(휴대전화 대화방)에 글을 남겼다.

"바람을 몰고 오는 영동할매가 하늘로 올라가시기 전에 도다리쑥국을 먹어요. 오세요, 몽돌해변으로."

누가 영남 사람 아니랄까 봐 무뚝뚝한 J이지만 "언니야, 힘들

꽃잎을 연 홍매화.
꽃을 피우는 힘은 햇살,
거름밭,
그리고 눈으로 건네는 말 걸기.

면 언제든 그냥 온나. 그냥 아무 생각 말고 한 이틀 먹고 자고 먹고 자고 가"했다. 언제나 힘이 들면 그녀의 그 낮은 사투리가 다정히 떠올랐다. 나지막한 경상도 목소리가 이렇게 그리울 수 있다는 것을 그녀 덕에 알았다. 문자를 받자마자 내 마음은 거제도 몽돌해변으로 달려갔다. 남으로는 해풍을 맞고 북으로는 대숲의 서늘한 바람을 받는 쑥 향기가 올라오는 듯했던 거다. 쑥 중에 최고의 쑥이 해풍과 대숲의 바람을 동시에 받은 쑥이라고 했다. 거제로 달려가니 반가운 얼굴이 돌아와 있었다. 사진 찍는 숯팁이었다.

어느 날 홀연히 우리 곁으로 다가온 숯팁은 원래 영어 강사였다. 7, 8년 전쯤, 젊은 그가 그랜저를 타고 나타난 것을 보고 깜짝 놀란 적이 있었다. 그러던 그가 어느 날 내게 와서 말했다. "누나, 거처가 좀 필요해요. 몸만 누이면 돼."

나는 그에게 최도사 형의 집을 소개했다. 너무 낡고 불편할까봐 걱정되었는데 그가 말했다. "퍼펙트! 내가 찾던 바로 그곳이야. 나는 이제 여기서 '숯팁이어라!' 하면 되는 거지."

아마도 그의 말은 영어로는 비(be) 동사를 의미했을 것이다. Be! 존재함. 실은 우리가 오래도록 잃어버렸던 단어. 그런 그가 2년 전쯤 홀연히 도시로 돌아갔다. 다시 돈을 벌어 오겠다는 거였다. 가도 다시 올 수 있을까 싶었는데 그는 이번에는 파파라치들이나 쓰는 확성기보다 더 큰 망원렌즈를 들고 우리에게 성큼 다가왔다. 신현준을 닮은 그의 얼굴이 새까맣게 그을려 있었는데 법륜 스님을 따라 인도를 다녀왔다는 거였다. 오랜만에 만난 그의 검은 얼굴 속에서 드러나는 흰 이를 보면서 나는 그가 '숯팁이어라'로 살고 있다는 것을 확인했다. 그의 차가 벤츠로 바뀌었다 한들 이렇게 기쁘지는 않았을 것이다.

남쪽으로 시집간 큰누이네 잔치에 가는 것처럼 우리들은 멀리서 모여들었다. 그렇다, 도다리쑥국을 먹으려고 말이다. 생각해보면 사랑하는 벗들이 먼 데서 와서 도다리쑥국을 먹는 것보다 더 중요한 일이 무엇이 또 있을까 싶었다. 창밖을 보니 최도사 형은 벌써 바닷가 바위 위에 앉아 봄볕을 즐기며 소주를 한잔 따르고 있었다.

영동할매 가기 전에
큰 솥 하나를 비우다

J와 버들치 시인은 주방에 들어가 오래된 커플처럼 도다리쑥국을 끓였다. 두 사람 다 손끝이 야물고, 두 사람 다 말수가 적고, 두 사람 다 예민하고, 두 사람 다 지나치다 싶게 결벽했다. 나는

얼른 최도사를 걱정하는 척 바닷가 바위 위로 슬쩍 도망갔다. 내 손에는 물론 톳나물 안주가 들려 있었다. 숯팁은 도망치는 파도에 대고 하염없이 셔터를 누르고, 최도사 형과 나는 '내비도교'의 의식처럼 먼 수평선을 바라보며 뜨거운 햇볕 아래 소주를 따랐다. 바다는 푸르고 봄볕은 사정없이 푸짐했고 우리는 서로가 모두 약간의 거리를 두고 제자리에서 충분히 존재했다.

도다리쑥국. 멸치와 다시마, 무 쪼가리, 양파 쪼가리, 파 뿌리 등등을 넣은 기본 육수는 진하지 않게 준비한다. 물이 끓으면 무채를 약간 썰어 넣고 손질된 도다리를 넣는다. 여기에 된장을 아주 연하게 풀어 간을 맞춘다. 도다리가 떠오르면 손질된 쑥을 넣는다. 이때 포인트는 봄동이나 유채를 함께 넣는 것이다. J는 유채를 준비했다. 나중에 먹어보니 유채의 연한 식감이 도다리의 쫄깃함, 쑥의 약간 거침과 얼마나 잘 어울리던지. 쑥이 파랗게 익을 무렵 파를 넣으면 완성된다. 이 쑥국의 포인트는 유채 혹은 봄동이며 또 하나 마늘을 넣지 않는다는 것!

저녁이 내릴 무렵 바람은 돌연 쌀쌀해졌다. 영동할매의 치맛자락이 매섭게 날리는 듯했다. 봄에 바람이 많이 부는 건 겨우내 잠든 나무들을 깨우는 거라고 누가 말했었다. 잠들어 있는 것은 죽은 것과 마찬가지일 것이니 이 찬 바람도 실은 아침잠을 깨우는 어머니의 손길일 수 있겠다는 생각이 들었다. 바닷가 술자리를 우리들은 모두 코를 박고 도다리쑥국을 먹었다. 조용했다. 모두!
"우리 너무 잘 먹고 노는 거 아닌가?"
우리 중의 누군가가 말했다. 그러자 또 누군가가 대꾸했다.
"그러면 좋은 거 아니야? 지금 여기서 잘 먹으면 됐지, 감사한 거고."

걷고 실내로 돌아오자 노란 백열등 아래서 구수하고 뭉근한 된장국 냄새가 식당 안에 가득했다. 여느 때처럼 버들치 시인이 두 손을 모았다. 이것은 그의 오랜 습관이었다. 그는 두 손을 모으고 기도했다.

"감사합니다. 정말 잘 먹겠습니다."

우리들은 모두 코를 박고 도다리쑥국을 먹었다. 조용했다. 모두!

"우리 너무 잘 먹고 노는 거 아닌가?"

우리 중의 누군가가 말했다. 그러자 또 누군가가 대꾸했다.

"그러면 좋은 거 아니야? 지금 여기서 잘 먹으면 됐지. 감사한 거고."

내가 말했다.

"가톨릭에 황창연이라는 유명한 신부님이 계시는데 그분이 그러셨어. 다리가 떨릴 때 말고 가슴이 떨릴 때 여행을 떠나라고. 이스라엘이나 이런 데로 성지순례도 떠나라고. 신자들이 '돈 없어요' 하니까 '애 학원 보내지 말고 그 돈으로 가요. 애 휴학시켜요, 지가 벌게. 그러면 여행 갈 수 있어요' 하셨어."

우리는 모두 웃었다. 그러자 버들치 시인이 말했다.

"일리가 없는 거 아니야. 여기 귀향하는 사람들, 애들 대학 안 보내겠다고 마음먹고 와. 그러면 초등학교 때부터 부모와 아이들

의 삶의 질이 근본적으로 바뀌어. 부모, 애들 다 행복하고. 신기한
것은 그중에서 또 몇은 대학에 간다는 거야. 것도 좋은 대학에.
그냥 생긴 대로 살면 다 제자리로 가는 것을 왜 그렇게들 안달을
하는지."

　우리들은 그날 축구공 세 개를 빠뜨려도 될 큰 솥 속의 도다리
쑥국을 결국 다 비웠다. 초록빛 소주병도 말이다. 내 기억 속에
새로운 단어의 조합이 생겨났다. 벚꽃과 꽃게, 아카시아와 민어,
바람과 도다리쑥국, 지금과 여기!

벚꽃 흐드러진 계곡에서
봄을 삼키다

....

곱디고운 진달래화전

....

　최근 들어 지리산은 한적한 곳이 아니다. 조용한 산골이 아닌
것이다. 그러나 그 활기는 도시의 기계적이고 단조로우며 획일
적인 활기와는 분명 다르다. 사람들은 거기에 내 탓이 꽤 있다고
타박하면서 내가 지리산 땅값을 올리는 데 일조했다고 원망까지
하곤 했다.

"책을 쓰기 전에 땅이라도 사두었으면 인세보다 많이 벌었을 텐데."

이런 말로 놀리는 사람도 있었다. 나 역시 지리산으로 이주할 생각이 없지 않아서 "좋은 곳이 나오면 좀 소개해달라"고 말한 지도 10년이 지났다. 그러나 아직 땅 한 평도 소개받지 못했다. 하기야 자기들이 사는 집도 안 구하는 사람들이 내 집을 구해줄까. 아마도 내가 "왜 그렇게 게을러?" 하면 그들은 이구동성으로 "부지런히 살려면 서울에 있지, 뭐하러 여기 올까" 이러면서 내 염장을 지를 게 뻔했다. 지리산은 확실히 예전의 그 가난한 지리산은 아니었다. 그러나 여전히 여기에는 변하지 않는 것들이 더 많다. 적게 쓰는 생활을 하는 것이 그렇고, 좋은 것이 있으면 나누는 것이 그렇다. 아직도 지리산에서는 젓가락 두 개만 주머니에 꽂으면 밥과 술을 거를 일은 없으니까 말이다.

버들치 시인은 올해도 어김없이 화전놀이를 할 예정이었다. 날을 받아두고 기다리는데 갑자기 날이 차가워졌고 꽃 소식이 좀 늦어진다고 했다. '벚꽃' 하면 떠오르는 진해에서조차 축제 준비가 끝났건만 정작 꽃이 피지 않아 발을 동동 구른다고 했다. 화전이야 진달래를 따서 찹쌀과 멥쌀을 반죽해 먹는 거지만 그래도 어렵게 내려가는 길에 섬진강을 따라 핀 19번 국도의 눈부시다 못해 장엄한 벚꽃을 보고 싶었다. 나는 버들치 시인에게 전화를

했다. 사정이 괜찮으면 며칠 화전놀이를 연기할까 해서였다. 그러자 시인은 흔쾌히 말했다.

"걱정 마. 오늘부터 필 거야. 네가 오는 모레에는 활짝 필 거야."

나중에야 안 것인데, 시인은 몇 번이나 개울가로 내려가 벗꽃의 기미를 살폈다는 것이었다. 그리고 지리산 자락에 오래 산 토종 주민의 감으로 꽃이 피고 있다는 것을 감지했나 보았다. 우리가 탄 차가 부지런히 구례를 나와 19번 국도로 들어섰을 때 벗꽃들은 이제 막 스위치를 올린 듯 환하게 벌어지고 있었다. 언제나 신기하게 느끼는 거지만 전라도와 경상도가 만나는 곳, 즉 화개 장터를 중심으로 구례와 하동에서는 2~3도의 기온 차가 난다. 구례에서 화개 쪽으로 가는데 신기하게도 마치 초봄에서 봄으로 가듯 꽃들이 더 벙글어졌다. 지리산 섬진강가에 드나든 지 10년이 더 넘었지만 '첫물'은 처음이었다. 우리는 누가 먼저랄 것도 없이 모두 탄성을 질렀다.

버들치 시인은 동매리 개울가에 프라이팬과 술잔(일회용은 없다), 그리고 이웃인 옻칠공예가 성광명 씨가 만든 접시를 가져다 놓고 우리를 기다리고 있었다. 버들치 시인의 노란 스쿠터 옆에 최도사의 스쿠터가 조그만 엉덩이를 붙이고 있는 걸 보니 최도사도 벌써 당도한 것 같았다. 부지런한 J는 버들치 시인의 능숙한

조수처럼 진달래의 수술을 떼어 냇물에 씻고 있었고, 반가운 마음에 내가 달려가자 바위에 정말 도사처럼 앉아 있던 최도사 형이 내게 만병통치주를 내밀었다.

"만병통치? 거짓말."

내가 말하자 도사 형은 정색을 하더니 지리산의 재래종 적송을 감고 올라간 담쟁이넝쿨(50년 이상 된 담쟁이란다)을 잘라내서 40도의 술에 5년 이상 놓아둔 것이라고 했다. 어찌 되었든 깊은 산에서 그 정도 오래된 것들은 몸에 안 좋기가 어렵지 않나 싶다. 맛? 있었다. 생각해보시길. 한적한 동네의 폭 30미터 정도의 계곡. 이제 막 곱게 핀 벚꽃은 나뭇가지마다 흐드러져 있고 사람은 우리뿐이다. 화투를 치며 광을 팔아도 될 만큼 여섯 명 이상 앉아 있을 수 있는 바위가 지천이고, 우리는 그 위에 퍼질러 앉아 미리 담가둔 쌀 반죽을 곱게 빚고 고운 진달래꽃을 얹었다. 이런 데서 먹는 술이 무엇인들 어찌 맛이 없을 수 있으랴.

아름다운 활동사진 같은
봄날

500원짜리 동전만큼 반죽을 떼어내어 동그랗게 빚고 있는데 버들치 시인이 입을 열었다.

"어제 방앗간에 갔더니 쌀을 불려오라고 퇴짜를 놓는 거야. 다시 집에 가서 찹쌀하고 쌀을 1:1로 한참을 불렸지. 그래서 다시 갔더니 오후 6시가 조금 넘었는데 방앗간이 문을 닫았어. 내가 전화를 해서 '아, 제가 왔는디 어찌 문을 닫아버리셨어요?' 이랬지. 그랬더니 방앗간 아저씨가 '실은 5시에 문 닫는데 시인님 온다고 해서 한 시간이나 더 기다렸어요' 이러는 거지. '에엣' 하고 다시 집으로 와서 다음 날 아침 일찍 갔어. 그러고는 쌀을 빻고 '얼마예요?' 하니까 '1000원이에요' 이러는 거야."

무심히 듣고 있던 우리 입에서 탄성이 올랐다. 우리 쪽에서야 가격을 몰랐다 쳐도 가격을 알면서 한 시간이나 퇴근하지 않고 기다려준 방앗간 아저씨.

"그래서 1000원 드렸어. 얼마나 미안하던지."

쫄깃하고 말랑한 반죽을 손으로 돌돌 돌려 납작하게 만든 다음 식용유를 뿌리고 약간 노릇해질 때까지 굽는다. 그걸 꿀이 있는 접시에 담고 앞뒤로 적신 다음 수술을 떼어낸 진달래를 얹고, 그 가운데 잣을 하나 박으면 화전이 완성된다. 처음에는 꽃분홍이던 진달래는 기름과 꿀을 머금고 꽃보라에 가까운 색으로 변해간다. 아름다웠다.

우리들은 버들치 시인을 따라 하얀 쌀 반죽을 빚었다. 우리가 하는 양을 바라보던 버들치 시인이 문득 버럭 소리를 질렀다.

"야, 이거 자꾸 뚱뚱해지잖아!"

우리는 얼핏 프라이팬을 바라보았다. 그러곤 모두가 웃음을 터뜨렸다. 햇볕은 따스하고 냇물은 졸졸 흐르고 만병통치주를 먹고 싶은 마음에 반죽을 떼는 손길이 다급해졌던 것이다.

어느덧 화전이 다 완성되었다. 지리산 어느 골짜기에서 꺾여져 우리에게 온 진달래 가지 몇이 계곡의 접시 위에 놓였다. 하늘은 푸르고 벚꽃은 흐드러지고 벌들은 윙윙거리는 오후였다. 우리 친구들은 요즘 들어 모두 좋은 카메라로 사진을 잘도 찍곤 했는데 일제히 카메라를 가지고 달려들었다. 이번에 지리산에 처음 온 사진기자가 잠시 머뭇거리더니 말했다.

"제가 여기까지 와서 몸싸움을 하게 될 줄 몰랐어요."

당연히 신문에 실릴 사진을 먼저 찍게 해야 했던 거였다. 우리는 일제히 웃었다. 꿀에 절인 고소하고 쫄깃한 화전이 한두 점씩 나누어지고 술이 돌았다. 나는 생각했다. 지금 이 순간 이 죄 많은 지구상에 이런 시간을 즐기고 있는 사람이 몇이나 될까. 시간이 있는 사람은 돈이 없고, 돈이 있는 사람은 시간이 없을 것이다. 둘 다 있다 해도 이렇게 욕심 없는 친구들을 둔 사람이 적을 것이다.

"참 이상하네. 언니 목소리가 귀에 윙윙거려. 중독이야."

여수에서 나를 보러 온 매력적인 저음의 가수 진진이 새조개를 꺼내 삶아냈다. 시인이 잠시 술잔을 들고 말했다.

"차비가 없어도 못 오고, 시간이 없어도 못 오지. 미워하는 사람이 있어서 못 오고, 버리지 못할 게 있어서 못 오지. 우린 그걸 다 넘어서서 여기 온 사람들이야. 그러니 이 모든 것을 즐겨도 돼."

그날 가수 진진이 그 매력적인 저음으로 〈봄날은 간다〉를 불렀던가. 아마도 그랬던 것 같다. 아름다운 활동사진 같은 봄날이었다. 나는 생각했다. 우리가 뭐 큰 거 바라나? 이런 봄날 하루 휴가 내서 이런 곳에 앉아 한가로이 냇물을 바라보는 게 그리 어렵던가? 이곳 동매리 입구에도 국회의원 선거 벽보가 붙어 있었다. 나는 문득 마음이 아파졌다.

찬란하다

대자연의 우주쇼가 준비되었으니 어서 달려오라는 속삭임

싱겁게 끝났으니 그만 가자고 떠나는 발걸음들이 있었으나

나는 그만 그렇게 말해버리고 말았다

작은, 아주 작은 목소리로

"보여줄 거지, 그렇지."

그랬더니

그랬더니

해가 뉘엿거렸다

고창 동림저수지 저편

거무스름한 것들이 나는 얼핏

산 그림자거나

물빛이 반사되는 것이라 여겼는데

그 검은 빛들이

일어나기 시작했다

일어나서

일어나서

모였다

흩어졌다

출렁거렸다

그러더니

아 내 머리 위로

천제의 별들이 빙글빙글 돌며 우주쇼를 하듯이

바로 내 머리 위로

신성한 의식,

가슴이 벅차올라서 숨을 쉬기가 힘들 정도였다

눈물이 다 찔끔거리네

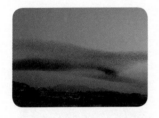

선물, 최대의 선물,

나는 내가 가진

내가 알고 있는 언어들이 아무런 소용이 없다는 것을 알아야 했다

찬란하다 신비로운 저 경이

아니다 모든 수식어를 떠나

풍덩

감탄을 할밖에

무슨 말을 할 수 있는 일이 아니었다

그때 문득 말이 나왔다

"고맙다"

"고맙습니다"

버들치 시인 입에서 나온 버들치는
헤엄쳐갈 수 있을까
'완전한 봄맛' 냉이무침

20대 국회의원 선거일 우리는 장수에 있는 하늘내 들꽃마을에서 만나기로 했다. 언제부턴가 선거 때면 늘 누군가와 함께했던 거 같다. 아마도 2002년 월드컵 이후였던가? 어쩌면 우리에게는 정치가 월드컵 대회와도 같이 느껴졌나 보다. 늘 객관적 실력은 모자라고, 골 결정력이 없으며, 부상은 많고, 사령탑은 답답하고, 혹시라도 이기는 일이 있으면 정신력의 승리고, 정말로 가끔 2002년 월드컵 같은 기적도 일어나는 것까지 말이다.

아침부터 비가 내렸다. 선거일에 내리는 비는 정치적인 비다. 하늘내 들꽃마을 입구에서는 커다란 산목련이 뚝뚝 지고 있었다. 초록에 초록이 더해져서 새로운 초록들이 초록만으로 향연을 벌이는 이 아침에 우리들은 실은 조금은 우울했다. 우리의 저력은 어디로 간 걸까. 민주주의는 요원한 것일까.

지리산 팀이 도착하기 전에 나는 먼저 이 집 여주인을 도와 상을 차렸다. 하늘내 들꽃마을은 장수군 천천면에 있는데 '천천'이라는 단어 자체가 '하늘의 내'라는 뜻이다. 옛사람들이 보기에 얼마나 높은 곳에 마을이 있었으면 '하늘내'라는 이름을 얻었을까? 이곳 주인은 대기업의 비서실 출신. 한때 그룹 회장님의 신임을 얻어 승승장구하던 그는 모 비행기의 기내식으로 비빔밥을 창안했을 정도로 도시 생활의 리더였는데, 어느 날 문득 그런 생활이 싫어 이리로 내려와 자리를 잡았다고 했다.

곧 도착한 지리산 팀도 얼굴이 밝지 않았다. 이 집 안주인이 차려놓은 두릅과 초고추장 그리고 표고데침, 유채 겉절이를 안주로 우리들은 일찌감치 소주를 마셨다. 별로 말이 없었다.

"아침에 버들치 시인을 모시러 가다가 면사무소에 들렀는데 사람이 너무 많았어요. 노인네분들이 빗속을 걸어와 길게 줄을

서서 열심히 투표하시더라구요."

버들치 시인이 사는 경남 하동의 투표 경향이 무엇을 말하는지 우리는 안다. 그러므로 더욱 할 말이 없었다.

나도 지난 오십여 년 동안 같은 번호만 찍던 부모님께 말씀드렸다.

"외람된 말씀이지만 이제 저희와 저희 자식들이 살아갈 날이 부모님들께서 살아가실 날보다 많습니다. 그걸 감안해주십시오."

벌써 구순으로 가는 부모님은 당돌하기까지 한 내 말에 생전 처음으로 대답하지 않으셨다. 화도 내지 않으셨다. 좀 심했나 싶었지만 나도 더는 말하지 않았다. 그런데 선거일에 부모님께서 전화를 하셨다. "너무 걱정하지 말아라. 네 말이 일리가 있다. 우리가 살면 얼마나 더 산다고. 손주들을 위해 너희가 원하는 대로 투표했다."

솔직히 눈물이 핑 돌았다. 내가 우리 부모님 이야기를 하면서 말없이 술잔을 들고 있는 버들치 시인을 바라보자 그는 술도 들어가지 않는다면서 일어나 어딘가로 나갔다. 그리고 잠시 후 돌아온 그의 손에는 처음 보는 요리가 들려 있었다.

냉이였다. 해발 450~500미터인 이곳 산에서 늦게 돋은 냉이를 그가 술안주로 장만해왔던 것이다. 우울하던 내 혀는 그 냉이를 한입 베어 무는 순간 소리쳤다.

좋은 음식이란 몸의 활기뿐만 아니라
정신적인 활기까지 준다.
해발 500미터의 산에서 캔 냉이는
우울함을 한순간에 날려버린다.

"이건 완전히 봄 그 자체야! 봄을 먹고 있는 거 같아."

내 호들갑에 사람들이 너도나도 젓가락을 가져다 댔다. 그리고 역시 나와 함께 탄성을 올렸다.

냉이무침. 냉이를 깨끗하게 다듬어 데친다. 이때 멸치와 다시마, 각종 채소를 우린 물이면 더 좋다. 이 물에 된장을 풀어 냉이 몇 개를 띄우고 국을 끓이면 되니까. 여기에 어간장(어패류에 고농도의 식염을 가하여 1년 이상 두면 물고기의 내장에 함유된 효소가 어육을 분해·숙성시키는데, 이것을 거른 액체 조미료가 어간장이고, 남은 고체가 어된장이다. 어된장은 젓갈의 원형이다.) 약간과 붉은 고추 곱게 다진 것, 매실 진액을 넣고 마지막으로 김을 살짝 구워 잘게 부수어 넣는다. 여기서 포인트는 김이다. 김가루가 데친 냉이에 어울리는 맛이라니.

하늘내 봄밤에 비가,
희망이 내렸다

분위기는 일순 밝아지고 활기차졌다. 그렇다, 좋은 음식이란 이런 것이다. 몸의 활기뿐 아니라 정신적인 활기까지 주는. 언젠가 내일이면 죽을 처지에 있는 유기견을 데려와 키운 적이 있었다. 암놈이었는데 얼마나 학대를 당했는지 남자 어른만 보면 꼬리를 사타구니 사이에 넣고 얼어붙거나 이를 드러내며 미친 듯이 짖었다. 한번은 악몽을 꾸는 듯해서 내가 그녀를 깨웠다. 아직 꿈에서 다 깨어나지 않았는지 나를 바라보는 그녀의 눈이 아주 슬펐다. 가슴이 너무 짠해져서 그녀의 얼굴을 두 손으로 감싸며 어떻게든 나의 진심을 전해보려고 이 말 저 말 하는데 그녀의 눈에서 공포와 슬픔이 가시지 않았다. 달래다 지친 내가 부엌에서 소시지를 한 덩이 가져다가 손에 놓고 조금씩 먹이자 순간 밝아오는 얼굴이라니, 그때 나는 오랜만에 유물론에 대해 다시 생각해봤다.

저녁이 오기 전에 하늘내 들꽃마을 주인은 숯불을 피우고 그릴에 삼겹살을 구웠다. 근처 '행복한 농부농장'에서 가져온 돼지고기는 쫄깃하고 고소했다. 그 농장주 역시 귀농한 경우였는데 돼지를 방목한다고 했다. 처음엔 마을 사람들이 어리석다고 비웃었으나 몇 번의 구제역이 그 농장만 비켜 지나가는 것을 보고 이제는 인정을 받고 있는 이였다. 원래 육식을 하지 않는 버들치 시인은 의사에게 약간의 육식을 권고받은 뒤 애쓰고 있었다. 어류는 자기가 새끼처럼 키웠던 버들치 같아서 못 먹고, 고기는 죽는 모습이 불쌍해서 안 먹는다는 그는 특별히 새우도 먹지 않는다고 했다. 왜냐고 물으니 그가 말했다.

"불쌍하잖아. 평생 몸을 그렇게 구부리고 사니까 말이야. 언젠가 너무 추운 집에서 자던 내 모습 같기도 했구."

작은 미물까지 가엾어하는 그를 볼 때면 나는 심술이 일어나서 놀리곤 했다.

"내가 몬 살아. 형은 한때는 버들치로 빙의하더니, 사과나무하고 말하면서 빙의되고, 이젠 새우에게까지 빙의의 손길을?"

그러자 시인은 정색을 하고 말했다. "아냐, 나 이제 먹어. 진짜야, 나 버들치도 다 먹어."

듣고 있던 우리들이 "에이이" 하며 딴지를 놓자 그가 다시 말했다.

"어느 날은 버들치 매운탕을 주길래 내가 그걸 먹었지. 그리고 집으로 오는데 속이 너무 더부룩한 거야. '참자, 참자' 했는데 우리 집 연못에 이르러 못 참고 확 토했어. 그러니까 내 입에서 싱싱한 버들치들이 획획 튀어나와서는 휘리릭 헤엄쳐 연못으로 뛰어 들어가데."

자주 우리는 서로가 누구인지 잊곤 했다. 그냥 자연인 버들치, 그냥 자연인 꽁지, 그냥 자연인 최도사. 그런데 이런 때 나는 그가 '시인이구나' 깨닫는다. 시인의 언어 속에서 생명을 얻는 싱싱한 버들치들이라니. 하늘과 땅이, 생과 사가 둘이 아니라는 이야기를 시인은 버들치를 통해 한 것 같았다. 결벽을 넘어 통찰과 극

복으로 나아가는 그의 나이듦도 눈이 부셨다.

봄날이 가는 밤, 비는 추적추적 내렸다. 그런데 우리가 잠시 잠든 사이, 여론조사를 뚫고, 모든 불길한 낙망을 뚫고 뜻밖의 결과가 우리를 기다리고 있었다. 마치 시인의 몸속에서 다시 생명을 얻어 살아난 버들치처럼 우리들의 낙망을 통해 다시 민주주의가 부활할 수 있다는 희망이 보였다. 누가 먼저랄 것도 없이 큰 소리로 아침 인사를 건네며 우리는 서로를 포옹했다. 몸과 마음이 그렇듯, 생과 사가 어쩌면 그렇듯, 정치와 우리도 어쩌면 둘은 아닐 것이다.

'도사'마저 감동시킨
엄마표 밥상
'엄마의 밥상' 보리굴비

지리산 식구들이 서울 나들이를 했다. 지리산 '동네 밴드'의 베이스 기타를 맡고 있는 옻칠공예가 성광명의 전시회를 축하해주기 위해서였다. 언제나 그렇듯 버들치가 사회를 보고 가수 진진이 노래를 했다. J는 여느 때처럼 싱싱한 회를 날랐고 최도사와 나는 입만 달랑 가지고 먹으러 갔다. 지난번 버들치 시인이 젊은 작가포럼이 주는 '아름다운 작가상'을 받을 때도 이 식구들이 올라왔는데 밤을 새우고 아침에 인사동을 지나 종로통으로 나왔더니 횡단보도를 건너던 이들을 사람들이 차창을 열고 구경하느라 차들이 신호가 바뀌어도 가지 않았다는, 믿거나 말거나 이야기가 있다.

늘 지리산, 산과 냇물과 바람이 있는 곳에서 이들을 보다가 인사동 갤러리, 모던하고 세련된 공간에서 만나니 마치 다음 생에 도달하여 전생의 인연들을 만난 것처럼 낯설었다. 성광명의 옻칠 공예품은 우리나라에서 이제 그 맥을 이어가는 사람이 몇 없다는 명성에 걸맞게 경의를 표해도 될 만큼 아름다웠다. 비싸다는 것이 유일한 흠이지만, 1년여를 외출도 못 하고 작품에 몰두한 그의 노고에 비하면 사실 그 값이야 얼마나 싸랴.

다 우리 집에 재우면 좋겠지만 진진하고 J만 데리고 오고 나머지는 여관에서 잔 모양인데 댓바람에 우리 집으로 다 몰려왔다. 밤새 손님하고 여관 주인하고 시비가 붙어 이들은 제대로 눈을 붙이지 못했다고 했다. 서울은 이들이 자기에게 한 발을 들이기라도 할까 봐 쌀쌀맞은 기색을 감추지 않은 모양이었다. 아침거리를 장만하기 전에 우선 커피를 끓여 간단한 빵과 함께 내가니 벌써 우리 집 마당에 앉아 이야기꽃이 한창이었다.

"그게 말이야, 설날 무렵에 굴비를 짚으로 엮어 한 두름을 처마

끝에 매달아. 그럼 날이 풀리면서 굴비에서 노랗게 기름이 나와
……."

보리굴비 이야긴가 보다. 그러고 보니 버들치 시인 고향이 법
성포다. 일찍 고향을 떠나 도시에서 공부한 그였기에 법성포 얘
기는 별로 하지 않았다. 법성포. 중국의 한 귀퉁이 고장을 잘라내
어 한반도에 붙인 것처럼 이국적이던 풍경이 떠올랐다. 이상하게
시인과 법성포는 어울리지 않았다. 비릿한 굴비도 말이다.

"굴비의 배에 밴 기름이 노랑에서 진노랑으로 변해가면서 처
마 밑에서 바람에 이리저리 흔들리겠지."

시인은 언제나처럼 이번에는 굴비로 빙의되어 자기 배를 쓰다
듬으며 말했다. J가 "아우, 그러지 좀 마" 하며 타박을 주었다. 그
러자 시인은 오히려 J의 그런 타박이 재미있다는 듯 한술 더 떴
다.

"그러다가 어느 날은 드디어 굴비 목이 툭 하고 부러져 내려."

이번에는 자기 목을 툭 떨어뜨리는 버들치, 예외 없이 J의 비명
도 커졌다. 둘은 명창과 고수 같았다. 뭐 그런대로 실감이 났다.

"그럼 그때 그 목 부러진 굴비를 보리쌀 뒤주 속에 넣어두지.
바싹 마른 굴비는 다시 보리의 구수한 습기를 머금게 돼서 약간
촉촉해지는 거야."

옛이야기라도 듣듯이 귀를 기울이던 우리는 탄성을 질렀다. 이

제야 왜 보리굴비라고 하는지 이해가 갔다.

"그걸 하나씩 꺼내 먹어. 예전엔 쌀이 없으니 쌀뜨물도 귀하잖아. 보리쌀을 돌확(돌절구)에 으깨어서 물을 부으면 시커먼 물이 나와. 그걸 한번 버리고 다시 한번 물을 넣어 우리면 이번에는 뽀얀 물이 나오지. 그 물에다 보리굴비를 담그면 돼. 녹말이 역삼투압의 작용으로 다시 굴비 속에 스며 쫀득해지니까. 이제 가마솥에 밥을 할 때마다 미리 삶아 소쿠리에 받쳐두었던 보리쌀을 얹고 그 위에다 보리쌀뜨물에 불려둔 보리굴비를 얹어 밥을 하는 거지."

나는 커다란 검정 가마솥을 떠올렸다. 김이 오르는 보리밥의 구수한 냄새에 쫀득한 보리굴비. 커피만 마시고 있던 우리는 배가 고팠다. 언젠가 그가 한번은 고향 음식인 보리굴비를 차려 우리에게 밥상을 내밀겠지 싶은 마음으로 배고픔을 달래고 있는데 그가 뜻밖의 말을 꺼냈다.

"니들 보리굴비 먹으러 갈래?"

여기는 서울, 분명 그의 영역이 아니었기에 우리는 모두 의아해했다. 그러자 그가 빙그레 웃었다.

"명일동이 여기서 머나?"

내가 30분 내로 갈 수 있는 곳이라고 대답하자 그가 채비를 차리고 나섰다.

"가자, 내가 쏠게."

엄마 솜씨 빼닮은 누이의 정성에
맘이 푸지다

도착한 곳은 '엄마의 밥상'이라는 간판이 있는 음식점이었다. 아파트 상가 지하에 자리 잡은 식당은 그의 누이가 하는 곳이라 했다. 자형이 실직하고 난 이후 누이가 어머니의 손맛을 기억해서 차린 집이라는데 차려져 나온 반찬을 보는 순간 누이의 음식 내공이 이 집안의 내력이라는 게 금방 느껴졌다. 보리굴비 정식을 주문한 우리에게 나온 밑반찬은 십여 가지. 방풍나물, 고추장아찌, 마늘종, 무장아찌……. 1만 5000원, 이 착한 가격에 이걸 다 먹는다는 게 말이 안 되고 미안했지만 이미 입은 벙글거리고 있었다. 이 모든 것은 버들치 시인의 얼굴을 조금 더 동그랗게 만들고 예쁘게 빚은 듯 똑 닮은 그의 셋째 누이의 솜씨였다.

"고향에 부탁해 제일 좋은 굴비만 가지고 옵니다. 그리고 엄마에게 배운 대로 상을 차리지요."

밑반찬은 도저히 그냥 지나칠 수 없을 정도로 맛있었다. 그중에 전라도식 겉절이가 특별했다. 내가 조리법을 묻자 일일이 손

으로 굴비를 찢어주시며 셋째 누이는 말을 이어갔다.

"가을에 농사짓는 친구 집에서 고추를 가지고 와요. 씨째 드르륵 갈아 절반은 빼서 무장아찌 만들 때 무를 굵은소금에 절이며 쓰고 나머지는 잡젓(온갖 생선을 삭힌 젓갈), 찹쌀풀, 양파, 무, 마늘, 생강 등을 간 것과 버무려 다대기를 만들지요. 다대기는 냉동창고에서 숙성시켜요. 가락시장에서 대놓고 먹는 집에 가서 매일 제일 맛있는 배추를 사 옵니다. 그걸 절여 다대기에 버무려내요. 겉절이는 매일 새로 만듭니다."

겉절이뿐이랴, 조기젓은 평생 처음 먹어보는데 제대로 삭은 것이 입안에서 이루 말할 수 없는, 그야말로 풍미를 느끼게 했다.

"조기젓은 5년 이상 간수를 뺀 굵은소금을 뿌려 조기가 푹 삭으면 찹쌀풀, 콩가루, 들깻가루, 고춧가루로 버무리고 6개월 동안 냉동창고에서 숙성시켜요. 그리고 먹을 때 조금씩 꺼내 청양고추를 곁들이지요."

셋째 누이에게 음식 설명을 듣는 동안 최도사 앞의 소주가 그대로 있었다. 놀라 바라보니 최도사가 어느새 밥 한 그릇을 다 비우고 있었다. 그런 광경은 처음이었다.

"니들이 차려준 밥상이 얼마나 맛없었으면 내가 맨날 차라리 소주만 마셨겠냐? 이제야 좀 엄마표 밥상을 받아보네."

우리는 누가 먼저랄 것도 없이 웃었다. 결국 오는 길에 나는 조기젓을 한 보시기, 최도사는 보리굴비를 한 마리 얻었다. 어쨌든 도사인 그가 누가 싸주는 음식을 들고 가는 걸 나는 처음 보았다. 그도 그걸 의식했는지 한마디 했다.

"내가 절대 이런 사람이 아녀. 근데 이건 어쩔 수가 없어."

지나치게 짜게 먹은 탓인지 돌아와 종일 물을 켰지만 나는 그 며칠간 조기젓과 그날 '엄마의 밥상'에서 주문해 받은 보리굴비로 밥을 먹었다. 며칠 후 지리산으로 돌아간 최도사가 텔레그램으로 사진을 보내왔다. 도사 형네 툇마루에 그날 싸가지고 간 굴비와 물에 만 흰밥, 그리고 소주가 놓여 있는 사진이었다.

"비는 내리고 산물은 흘러 우리 집 도랑으로 지나가고 낙숫물은 떨어지는데, 참 좋다."

우리도 그 사진을 보고 참 좋았다. 바다에서 올라온 보리굴비는 왜 최도사네 의신 누옥에 그리도 어울려 보이는 것일까. 아, 오늘도 보리굴비에 물에 만 밥을 먹어야겠다.

한창이다

몇 해 전 산사태가 났을 때 그중 큰 나무는

뽑히고 파묻혀 곁을 떠나갔고

작은 나무 한 그루 살아남아 재재작년에는

대여섯 개 열리기도 했는데

게으름 탓이다

뒤뜰 풀숲에서 작년, 재작년

덩굴식물들에 감겨 고생하는 것 눈에 보였으나 흘려보냈다

뒤뜰 오가며 가끔 그 모습 눈에 밟혔다. 살았는지 죽었는지

안쓰러웠다. 안쓰러워서

올 초, 모질게 감긴 것들 풀어주었더니

곱다

참 곱기도 하지

사과꽃이 피었다

꽃이 꽃을 불러내는구나

그리하여

두물머리에서 시집온

새색시가

흰 모란이 곧

꽃잎을 열겠지

붉은 모란 먼저 피어

기다리는

뜰 앞

뜰 앞에 초록이 한창이다

살아 있는 모든 것에 대한
최소한의 예의

환성을 부르는 채소 걸절이

버들치 시인의 밥상은 주로 채소만으로 이루어진다. 평소 그의 밥상에 올라오는 것들 중 동물성이 있다면 그가 된장국이나 각종 반찬의 육수를 내는 멸치 정도일 것이다. 특별히 불교도임을 천명하지도 않는 그가 채식을 고집하는 이유는 그의 지나치다고 해도 좋을 공감력 때문일 것이다. 그는 밥 먹기 전에 꼭 기도를 올리는데 그 기도는 아마도 이런 것이 틀림없었다.

"감사하고 경외하는 마음으로 기도합니다. 나는 죄인입니다. 나는 배고파서 당신의 생명을 먹습니다. 미안하고 고맙습니다."

그는 어린 시절 외할머니 댁에서 닭을 잡는 것을 본 이후 고기를 먹지 못한다고 했다. 최근 들어 약해진 몸 때문에 의사가 자주 육식을 권하기도 하는데 그런 그가 지난달에는 고기를 사러 갔다.

"소고기 반 근만 주세요."

한동네 살면서도 거의 없는 일이었다. 깜짝 놀란 정육점 주인이 오히려 그에게 물었다고 했다.

"무슨 일이에요?"

그러자 그는 "손님이 왔어요" 하고 대답하고는 돌아와 소고기 미역국을 끓였다. 하얗게 지은 쌀밥도 말았다. 그걸 식혀서 뒤꼍에 놓아두고 그는 방으로 돌아와 조용히(음악도 듣지 않고) 앉아 있었다. 잠시 후 창문 틈으로 내다보니 그가 말한 손님이 조용히 그걸 드시고 계셨다. 그는 빙그레 미소 지으며 숨을 죽였다. 행여라도 손님이 놀라 밥을 먹다 체하기라도 할까 싶어서였다. 그리고 한 달 후, 손님은 시인의 툇마루에 작은 선물을 하나 가져다 놓고 집을 떠났다고 했다. 시인이 선물을 발견하고 보니 머리가 잘린 새앙쥐였다. 시인은 평소 같았으면 기겁을 했을 테지만 그날은 그것을 조용히 집게로 집어 밭 가장자리에 묻었다. 그것은 시인을 전혀 언짢게 하지 않았다. 그걸 가져다 놓은 당사자에게 그것이 얼마나 귀한 선물인지 알고 있었기 때문이다. 손님은 시인의 집 뒤껼 구석에서 새끼를 낳은 고양이였던 것이다.

그러자 곁에서 그의 이야기를 듣던 최도사 형이 말을 받았다.

"나도 그런 적이 있어. 우리 아랫집 사람이 겨울 동안 공사장에 나가고 그 집이 비었는데 어느 날 내가 가보니 아랫집 개새끼가 새끼를 다섯 마리나 낳았더라구. 참 나, 뭔 개새끼가 새끼를 하필 그때 낳느냔 말이야."

내가 "형, 자꾸 욕하지 마" 하고 말하자 최도사 형이 "욕은 무슨 욕이야, 개새끼를 그럼 뭐라고 하냐. 개새끼가 개새끼지" 하며 이야기를 이어갔다.

"날이 추운데 밥그릇을 보니 말라붙은 밥풀이 있는 거지. 세상에 이 개새끼가 새끼를 낳고 먹지도 못한 거야. 얼른 내려가 돼지고기를 사다가 미역국을 끓여주었어. 못 쓰는 담요도 하나 가져다가 바람을 막아주었지. 며칠 그렇게 들여다보고 밥을 날랐어. 참 나도 나 먹자고 밥을 안 하는데 이놈의 개새끼, 보리밥이나마 나르려니 그것도 일이더라구. 그렇게 겨울이 가고 봄이 오자 주인이 돌아왔어. 이젠 됐다 생각하고 마루에 앉아 봄볕을 쬐며 살살 졸고 있는데 어디선가 이상한 소리가 들리는 거야. 눈을 떠보니 글쎄 내가 밥을 먹여 해산구완을 한 개새끼가 자기 새끼들을 데리고 우리 집 마당으로 들어서는 거야. 어이가 없어서 가만히 보니 꼭 어미 오리 따라오는 새끼들처럼 한 줄로 죽 늘어서서 내 앞을 지나가는 거 있지. 신기하게도 느껴졌어. '애들아 인사드려라. 우릴 구해주신 분이 이분이시다!' 뭐 이런 기분."

"그래서?"

내가 물었다. 그러자 최도사가 대답했다.

"그래서는 뭘 그래서야. 그렇게 인사하고 가길래 나도 일없다, 햇볕이나 쬐련다 했지."

지리산 산꼭대기 의신마을, 거기서도 또 꼭대기에 사는 최도사에게는 아무래도 이런 일들이 많은가 보았다.

"지난번에는 또 지붕 밑이 하도 시끄럽길래 들여다보니 고양이 새끼가 새끼를 낳았더라구. 그래 어떻게 하나, 담배 사러 가는 길에 없는 돈으로 우유를 사다가 큰 양재기에 부어주고 달걀을 삶아 놓아주었지. 그런데 어느 날 밤은 하도 떠들기에 '야, 니들 그렇게 떠들려면 다른 데로 가' 하고 소리를 쳤어. 그러던 어느 날 내가 또 툇마루에서 조는데 무슨 소리가 나. 눈을 떠보니 어미 고양이가 새끼 고양이를 끌고 집을 나가는 거야. 지난번에 그 개 새끼처럼 또 오리 새끼들 모양으로 한 줄로 서서 쭉 나가는 거야. 내가 졸고 있는 앞을 지나서 말이야. 어미 고양이가 날 흘기면서 지나가는데 새끼들도 일제히 날 흘기며 지나가더라구. 젠장. '이분이시다, 우리를 쫓아내시는 분이' 뭐 이러는 것 같더라구. 참 어이가 없어서 말이야. 에잇, 조용히 했으면 누가 뭐래냐구 말이야."

뿌리째 뽑지 않고 덜어내
먹는 즐거움

이야기가 무르익어가는 동안 우리들은 배가 고파지기 시작했다. 시인은 밭에 나가 부추를 잘라오고는 우리에게 민들레며 어린 머윗잎을 따오라고 했다. 봄이 오면 시인의 텃밭과 뒤꼍에 지천으로 깔리는 먹거리들. 나 역시 채식을 좋아하긴 하지만 나물이나 채소 요리들은 다듬고 데치고 무치고 하는 데 너무 손이 많이 가서 나로서는 회피하는 중이었다. 채소들을 시인에게 가져다주며 내가 이런 푸념을 늘어놓자 시인이 말했다.

"좀 그렇긴 하지. 그러면 오늘은 내가 아주 쉬운 채소 겉절이를 해줄게, 함 봐봐."

시인은 잘 씻은 부추를 한쪽에 놓고, 민들레며 어린 머윗잎을 다른 쪽에 놓았다. 그리고 우리에게 설명을 시작했다.

"간단해. 재료는 단 세 가지. 어간장과 매실 진액과 고춧가루."

뜻밖이었다. 고춧가루와 어간장(나는 한살림 생협의 제주 어간장을 사서 쓴다)과 매실 진액의 비율이 1:1:2면 모든 것이 끝난다. 기름도 필요 없다. 그런데 이 겉절이는 묘하게도 새콤달콤한 맛과 매콤한 맛, 그리고 어간장의 깊은 소금기가 어우러져 정말 맛있다. 이 단순한 세 가지 재료는 머위면 머위, 부추면 부추, 민들레면 민들레의 본래 맛을 잘 살려준다. 기름이 들어가지 않은 샐러드가 이렇게 맛있는 줄 나는 처음 알았다. 뜻밖의 샐러드에 우리는 모두 환성을 질렀다. 생각 이상으로 신선하고 맛있었기 때문이다. 우리의 칭찬에 언제나 그렇듯 시인의 입이 헤벌어졌다.

나는 고기를 잘 먹는다. 한창 자라는 우리 집 아이들도 그렇다. 그러나 어느 날부터 비생명적인 축산에 대한 기사를 접하고 나서부터 나도 죄책감 없이 고기를 먹지 못한다. 심각하게 채식을 고민했던 시간들도 있었다. 그러나 어느 날 박경리 선생님의 글을 읽다가 "마당에서 잡초를 뽑는데 어느 순간 뿌리가 뽑히는 잡초에서 진한 향내가 확 끼쳤다. 나는 문득 이것이 식물의 비명이고 피 냄새가 아닐까 생각했다" 하는 구절을 읽고는 다시 한번 생각을 고쳐먹어야 했다. 대신 버들치 시인의 말대로 미안하고 고마운 마음으로 될 수 있으면 생명적인 축산을 표방하는 육류를 먹는다. 산 채로 털을 벗기는 모든 종류의 가죽과 모피, 그리고 거

부추밭에 핀 흰민들레.

"너는 누구를 꾀자고 그리 이쁜 것이냐?"

위나 오리의 털이 들어간 의류나 침구, 앙고라털이 있는 스웨터 같은 것은 절대로 사지 않기로 했다. 그게 이 지구상에서 내가 생명에 대해 줄 수 있는 최소한의 예의라는 것에 대해 작은 결심을 한 바 있다.

대신 나는 요즘 시인의 레시피로 이 여름을 즐기고 있다. 반찬이 마땅치 않을 때나 밤늦게 사랑하는 친구가 문득 나를 방문할 때 작은 바구니를 들고 정원으로 나간다. 그리고 한 접시 분량의 어린 머위나 민들레, 부추나 깻잎을 뜯어 간단히 세 가지 양념으로 요리를 한다. 그러면 나의 밥상도 풍성해지고 가끔은 친구와의 술자리가 가볍고 기뻐진다. 다른 생명을 죽이지 않고 그것이 무엇이든 뿌리째 뽑지 않고 덜어내 먹을 수 있다는 기쁨과 고마움, 그것은 분명 채식의 즐거움이다.

소유가 전부가 아닌 곳,
욕망이 다 다른 곳

절로 입이 벌어지는 토마토 장아찌

내가 《지리산 행복학교》 시리즈로 지리산의 친구들을 소개한 이후로 얼마나 여러 사람에게 지청구를 먹었는지 모른다. 그중 최고봉은 아마도 지리산의 주인공인 내 친구들에게서일 것이다. 첫째 문제는 집값, 땅값이 올랐고, 올라도 너무 올랐다는 것이다. 아마 그 책이 100만 부가 넘게 팔렸다면 그게 다 내 탓일 수도 있겠지만 그렇지도 않으니 억울할밖에. 게다가 가끔 사람들이 나를 놀리면서 "책을 쓰기 전에 땅을 사놓았으면 인세보다 많은 돈을 벌 수 있었을 텐데" 하고 말하는 걸 보면 사태가 심각하긴 심각하다. 이제 지리산의 집주인이나 땅 주인이 맘만 먹으면 내 친구들은 지금 사는 곳에서 쫓겨나 지리산 밖으로 밀려날지도 모른다.

둘째는 시도 때도 없이 주인공들을 찾아가는 독자 때문이다. 버들치 시인이야 원래 독자(흠, 특히 여성들)의 성화에 시달리고 있었으니 좀 덜 미안한데, 낙장불입 시인의 경우는 심지어 내비게이션에다 '지리산 행복학교'를 치면 그 집으로 안내해주는 일까지 벌어진 모양이다. "어떻게 절 알고 오셨어요?" 하고 물으면 "내비게이션이 알려줬어요" 뭐 이런 사태가 벌어진 것이다(다행히 혹은 불행히도 그는 지금 집주인의 변심으로 지리산 밖으로 나가게 되었다).

이런 나쁜 일들이 일어났음에도 지리산의 내 친구들이 아직도 날 그리 미워하지 않는 걸 보면 내가 인간성이 참 좋은 사람인가, 혼자 웃기도 한다. 한번은 버들치 시인의 집에 앉아 술을 마시고 있는데(아, 또 있다.《지리산 행복학교》에서 배운 것, 오늘 술을 내일로 미루지 말자) 집수리를 해야 한다는 이야기가 나왔다. 버들치 시인이랑 최도사 모두 집이 허술해 손을 많이 봐야 할 지경에 이르긴 했다. 더구나 최도사 형네 별채(지금은 사진작가 숯팀이 쓰고 있다)의 지붕에서 비가 새기 시작한다는 거였다. 장마도 올 텐데 걱정이었다. 내가 묻자 최도사 형은 대뜸 "아, 비가 아직 오지도 않았는데 서울 사는 네가 왜 걱정이야?" 하고 면박을 주었다. 숯팁은 한술 더 떠서 "그럼, 이치상으로 그 방에 사는 내가 걱정해야 해? 오우 노, 난 비가 새면 떠날 거야. '이 동네 별빛이 맘에 안 들어요' 하면서" 이러는 거다. 성당 개 3년이면 삼종기도를 한다더니 숯팁도 이 동네 와서 시인이 다 됐다.

버들치 시인도 쥐들이 극성을 부려 방바닥의 전선을 다 갉아먹은 터라 다시 깔아야 한다고 했다. 버들치 시인이 최도사에게 물었다.

"나는 요새 음식 좀 조심하고 그랬더니 쥐가 많이 안 끓어. 너는?"

"우린 끓어. 쥐새끼들이 안 없어져."

"그래? 왜 그럴까? 너 잔반을 자주 남겨놓지? 그거 싹 치워야 하는데."

그러자 최도사가 대답했다.

"쥐새끼들이 천장에서 끓는데, 그럼 내가 잔반을 천장에다 남겨놓았단 말이야?"

참으로 지당한 이 말에 버들치 시인이 고개를 갸웃하자 J가 난데없이 "그게 다 꽁지 언니 때문이야" 이러는 거다. 땅값이 오른

것도 내 탓이고, 독자들이 시도 때도 없이 찾아와 사람들로 끓는 것도 내 탓이고, 이젠 쥐가 없어지지 않는 것도 내 탓? 내가 전직 대통령도 아니고…….

"그게 왜 내 탓이냐?"

물으니 J가 망설이지도 않고 대답한다.

"원래 도사 형이 도사라고 해도 찾아오는 사람 없으면 나름 깔끔하고 깨끗하게 하고 있었는데, 언니가 마치 진짜 도사처럼 써놓으니 안 씻고 유유자적한 자유로움의 대명사처럼 굴려고 드러워졌어. 이미지를 아주 그걸로 팍 굳히기로 결심한 거야. 사람들도 그걸 막 좋아하고 칭찬하고 그러니까 더해. 이제 최도사 형은 얼굴하고 머리 색이 구분이 안 돼" 이러는 거다. 그러더니 갑자기 이야기가 흘러 흘러 내가 쓴 글로 망한 사람들 이야기가 나왔다. 최도사가 말했다.

"그 왜 얼마 전 엠비시(MBC)에서 잘린 이 피디 있잖아(그분은 몇 년 전 김재철 사장이 부임한 이후 해고되었다. 그는 〈이제는 말할 수 있다〉 등을 제작한 교양 피디로 시사교양부장 등을 역임했다. 흠, 더 계속하면 누구신지 알 것 같아 여기까지). 그 피디도 원래 좀 지저분하긴 했지만 그렇게까지 지저분하지는 않았대. 그런데 〈지리산 행복학교〉 다큐 찍으러 와서 여기 몇 개월 드나들더니만 아주 사람을 버려부렀어. 얼마 전에 서울 갔다가 이 피디네 집에 자러 갔는데 나는 서울에서 좋은 대학 나오고 엠비시 피디까지 했던 사람이라 얼마나 집이 좋을까 했더니, 거기서 하루 자고 바로 내려왔잖아. 지리산 우리 집이 걔네 집에 비하면 대궐이야, 대궐."

"그런데 그 사람이 왜 내 탓이야?"

내가 물으니 사람들이 대답했다.

"그분이 원래 술을 안 먹으면 손을 떠는 증상이 있어 술을 약간 자제하려고 했는데, 여기 와서 버들치 시인, 최도사 등이 술을 안 먹으면 손을 떠는 걸 보고 같이 떨다 보니 안심을 한 거야. 게다가 꽁지 네가 세 사람을 가리켜 '수전증 삼총사'라고 한 이후에는 더욱 의기양양 떨어, 손을! 자기가 달타냥이라도 된 줄 아는 걸까?"

내가 최도사 형을 째려보자, 분위기가 심상치 않음을 느낀 버들치 시인이 나섰다.

"어이쿠. 가만, 꽁지야. 내가 맛난 안주 줄게. 옜다, 이거."

여기는
지혜가 다 다른 곳

버들치 시인이 내놓은 것은 장아찌, 그런데 생김새며 맛이 처음 보는 것이었다. 오이도 아니고 무도 아니고 연근도 아닌 것이 아삭하며 새콤 칼칼하고 간간 슴슴하게 맛이 있었다. 맛있는 것하고 술만 내놓으면 무조건 화가 풀리는 내가 입이 벙그러져서 "이게 뭐야?" 물으니 버들치 시인은 음식 만드는 자 특유의 자부심 어린 웃음을 지으며 "그거 파란 토마토 장아찌야" 했다.

"지난가을에 서리가 다 내리게 생겼는데 마지막으로 토마토가 열린 거야. 보나 마나 그날 밤 서리가 내리면 익지도 않고 토마토가 그냥 죽게 생겼더라고. 그래서 내가 얼른 따다가 장아찌를 담갔지. 원래는 간장과 어간장 섞은 것 2, 물 1, 설탕 1, 식초 1 이렇게 한다는데 나는 물과 어간장 2, 멸치와 다시마와 채소 우린 물 1, 매실 진액 2 그리고 나중에 맛을 봐서 식초를 조금 더 넣었어. 신기한 것은 아주 파란 토마토여야 잘 익는다는 거, 만일 조금이라도 빨간 것이 있으면 안 돼. 그리고 혹시나 해서 희아리로 딴 매운 고추를 한 바가지 곁들여 넣었더니 더 맛있네."

우리는 천천히 소주를 마시며 장아찌로 입을 달랬다. 신기하게도 장아찌뿐인 안주상이 푸짐했고 다음 날도 속이 편안했다(흠, 나는 원래 속이 늘 편안하긴 하다). 아침 일찍 악양을 떠나면서 나는 숯팅에게 문자를 남겼다.

"마을의 지붕 고치시는 분 불러서 견적 알아보고 내게 연락해, 돈은 내가 낼게. 괜히 별빛 핑계 대고 여길 떠나 떠돌지 말고."

: 237 :

그런데 며칠이 지나도 연락이 오지 않았다. 일기예보는 계속해서 장마를 예고하고 있었다. 내가 전화를 했다. 그러자 최도사 형이 느긋한 목소리로 전화를 받았다.

"지붕 고쳐야지."

"고칠 거야."

"숯팁더러 나한테 견적 보내라 했는데 안 보내네."

"견적이 어딨어. 여기 친구들이 와서 공짜로 고쳐준댔으니 넌 걱정하지 말고 글이나 잘 써."

"공짜로? 그럼 공짜로 고쳐주면 고기하고 술 사야 할 거 아니야……. 그 돈 부칠게."

그러자 최도사가 대답했다.

"여기 지리산이야, 꽁지야. 친구들이 와서 지붕 다 고치고 지네들이 고기 사 오고 술 사 와서 먹고 갈 거야. 넌 글이나 쓰라니까."

그래, 거기가 지리산이었다. 소유가 전부가 아닌 곳, 욕망이 다다른 곳, 지혜가 다른 곳. 나는 문득 또 생각했다. '알았어. 내가 책 팔아 돈 많이 벌어서 지리산 한편에 땅이라도 살게. 그래서 다들 편히 살다가 갈 수 있게 할게'라고. 아마도 친구들은 또 지청구를 할지도 모르겠다.

"글쎄, 그게 지리산 식이 아니라니까."

녹차 만들기

향기는 정말이지 고통 속에서 피어나는가 보다

비록 조금이기는 하지만 올해도 녹차를 만들었다

작년에도 가마솥에 넣고 차를 덖으며

내년에는 녹차 안 만들겠다고 생각했는데

올해 또 다짐을 깨트리며 만들기는 했다

다 만들고 보니 몇 봉지 되지 않는다

양이 워낙 조금이라서

다들 나눠드릴 수는 없고 차가 떨어지기 전 집에 오는 분들께

맛을 보여드리는 정도로만

나도 아직 첫물차 제대로 맛보지 않았다

옛사람들은 구증구포라 하여

가마솥에 아홉 번을 덖고 비볐다고 하지만

나는 280~300도 사이의 가마솥에

평소에는 3~5번 덖고 비비고 풀기를 반복하다가

말린 후 다시 마무리를 하여 녹차를 만든다

올해는 찻잎에 수분이 많아서 일곱 번 덖고 비벼서

130~150도 사이의 솥에서 한 시간 동안 마무리한 차를

꺼내서 열을 식히는데 가마솥 주인이 한 주먹 냉큼 집어가더니

첫물차 달여 마시고 내빼는 통에

정작 나는 아직 차를 우려보지도 못했다

한 열흘쯤 지나면 화기도 빠질 것이다

그때쯤이면 나도 첫물차의 첫 흠향에 한번 취해봐야지

4부

지난여름이 용광로   았으리라.
우리들의 이 가   지 않았다면
밥상은 한갓 놀   지 않으리라.
시인은 밥상을   서 말이다.
경험을 경험하   이 없겠지.

시린 가슴
데우는 별 같은
'사람 밥상'

흔들리며 가는 배,
울면서도 가는 삶

마음을 위로하는 거문도 향각구국

인생에서 무엇이 가장 중요할까? 아마도 한마디로 대답하기는 어려울 것이다. 그러나 한 다섯 손가락쯤 펴고 이 안에 들어갈 것을 대답하라 하면 친구가 들어가는 것은 당연할 것이다. '인사가 만사'라는 말을 생각하다가 '끝내 인사가 인생이구나' 결론 내린 시간도 있었다.

지리산의 버들치 시인. 그는 가난하지만, 그건 어디까지나 돈의 문제일 뿐이다. 돈 없는 게 바로 가난이라고? 이런 이야기는 어떤가? 얼마 전 서울구치소에 재벌 2세이며 현재는 재벌인 사람이 수감된 일이 있었다. 사형수 봉사 일로 그곳을 드나든 지 14년째인 내가 관계자와 잠시 이야기를 나누면서 재벌 2세의 근황을 묻자 관계자가 말했다.

"참으로 힘들어해요. 실제로 그 사람들은 우리가 상상할 수 없을 만큼 힘들겠죠. 너무 힘들어하니까 우리가 사고 방지 차원에서 조금 도와주려고 해도 재벌 특혜니 뭐니 할까 봐 잘 못 해요. 그 사람 돈만 많지, 가난해요. 참 불쌍해요."

버들치 시인은 전국에 친구들이 산다. 언제 가더라도 그에게 밥 한 상 내주는 눈 맑은 친구들이 말이다. 그 친구들 중에 돈만 많은 불쌍한 사람은 없다. 그래서 시인의 밥상을 즐겨 받는 우리 일행은 버들치 시인을 따라 배를 탔다. 여수에서 두 시간 반 남쪽으로 내려가면 나오는 거문도로 간 것이다. 그곳에는 시인의 친구인 작가 한창훈이 산다.

"거문도라면 조선 말기에 러시아가 강제 점령한 곳이지?"

학창 시절 늘 국사 시험을 잘 봤던 내가 묻자 일행은 모두 고개를 끄덕인다. 나중에 누군가 검색을 하고 나서 "아니야, 영국이야" 할 때까지 우리들은 즐거웠다. 아니, 그게 영국이라는 것을 알고도 그랬다. 특히 최도사는 20년 만에 배를 탄다고 했다. '아, 그가 젊은 한때 외항선원이었지' 싶자 그의 들뜬 얼굴이 이해가 되었다.

거문도에서는 한창훈 작가와 그 일행이 우리를 기다리고 있었다. 한창훈 작가는 지리산 버들치 시인네서 몇 번 마주친 적이 있었는데, 그분이 나를 썩 좋아하지 않는 것 같아 나로서는 늘 어려웠다. 뭐랄까, 투덜이 스머프가 일관성 있게 성장한 모습이라고나 할까. 스머프 종족 중에 내가 제일 좋아하는 캐릭터가 투덜이 스머프인데 화면 속에서는 귀엽지만 실제로는 좀 그렇긴 하다. 우리에게 점심을 준 거문식당 여주인이 그래도 내게 귀뜸을 한다.

"아이고, 한 작가가 을매나 신경 쓰고 이것저것 챙겼는지 말도 모댜. 말은 저리해도 속이 깊어분다고."

우리는 서둘러 바다낚시를 가기로 했다. 어찌 됐든 이 성인 투덜이 스머프는 오랜만에 방문하는 버들치와 친구들을 위해 꼼꼼히 준비를 했다. 마치 호출된 택시처럼 작은 배가 우리를 기다리고 있었고, 낚싯대도 준비되어 있었고, 생초보인 나를 도와줄 거문도 우체국장님과 거문슈퍼 주인도 있었다. 가두리양식장 둘레에서 우리는 낚싯대를 드리웠다. 여기저기서 환호성이 올라오고 우리는 꽤 많은 고기를 잡았다. 오늘 시인이 끓여준다고 했던 갈칫국의 재료인 갈치만 빼고 말이다. 잡은 고기를 그 자리에서 회로 떠 초장에 찍어 먹는 맛이라니! 한창훈 작가의 《내 술상 위의 자산어보》에 나오는 대로 "사람이 어찌 밥만 먹고 살까" 말이다. 그래서 우리는 소주도 곁들였다.

불쌍한 고기를 낚아 올리는 맛에 취해 있다가 나는 문득 한 작가를 바라보았다. 그는 우리 일행이 잘 놀고 있는지 살피느라 조금은 긴장한 것 같았다.

"사람은 자신이 가장 오랫동안 바라본 것을 닮는다. 내가 죽을 때 바다를 닮은 얼굴이 되어 있다면 좋겠으나 그렇게 될지는 모르겠다. 최소한 빈 술병이라도 닮기를 희망한다"는 《내 술상 위의 자산어보》의 구절이 떠올랐다. 그를 보며 이미 바다를 닮고 있다고 생각했던 나는 그 순간 마음을 바꾸었다. 그는 바다가 아니라 사람들을, 술병이 아니라 그걸 나누는 친구들을 닮아가고 있구나 싶었던 것이다.

거문식당에서 저녁거리로 생선을 손질하는 동안 나는 잠시 바닷가를 산책했다. 식당을 나와 걷다가 올려다보니 '천주교 서교성당 거문도 공소'라는 간판이 눈에 띄었다. 죽을 때 내 영세명이기도 한 성모 마리아를 천분의 일이라도 닮아 죽고 싶은 나는 (대개 성모 마리아는 아주 예쁘시다) 끌리듯 그 안으로 들어갔다. 솔직히 공소는 아주 실망스러웠다. 그냥 가난한 어부가 살다 떠난 집

같았다. 커다란 방이 한 칸, 작은 부엌과 작은 방 하나. 나중에 생각해보니 정말로 예수님은 생전에 그런 데 사시지 않았을까 싶긴 했다. 금칠한 으리으리한 성당이 아니라 말이다. 잠시 기도를 하고 돌아 나오는 내 눈을 끈 것은 꽃이었다. 아마도 제대 위에 꽂아놓았던 것을 미사나 공소예절이 끝나고 시들까 싶어 누가 수돗가 대야에 담가놓은 것 같았다. 엉겅퀴와 소국 그리고 안개꽃은 바닷가에 피었던 것들이라 그런지 색이 육지의 것들보다 조금 더 짙었다. 살기 힘들어 그랬을까? 진보랏빛 엉겅퀴가 이리 아름다운 것은 내 생애 처음이었다.

영혼을 달래주는
따뜻한 국 한 그릇

식당으로 돌아가니 버들치 시인이 거문식당 주방을 빌려 요리를 하고 있었다. 내오는 것을 보니 갈치가 한 토막 들어 있는 된장국이었다. 제주도에 가서 호박과 매운 고추를 넣은 갈칫국은 먹어봤어도 된장이 들어간 갈칫국은 처음이었다. 버들치 시인이 맛을 보라면서 내민 숟갈을 받아먹는 순간, 나는 깜짝 놀라고 말았다. 대체 이 향기는 무엇이란 말인지. 아아, 품위 있게 향기롭고 부드러우며 칼칼하고 구수한 국물이 마음마저 위로하고 있었다. 따뜻한 국 한 그릇, 수프 한 그릇은 원래 영혼을 달래주기도 한다는 말이 실감 났다.

"아, 안에 든 게 뭐야? 시래기도 아니고 아욱도 아니고."

내가 묻자 시인이 대답했다.

"엉겅퀴야, 엉겅퀴잎새."

거문식당 사장님이 말을 거들었다.

"우린 엉겅퀴가 조금 연할 때 많이 따서 살짝 데친 다음 냉동실에 넣어둬요. 갈칫국 끓일 때 꼭 넣지."

나는 자리에서 벌떡 일어나 성당 공소로 뛰어갔다. 엉겅퀴꽃 몇 송이를 대야에서 건져오자 시인이 놀라며 웃었다. 나는 신문에 사진으로 실릴 된장국에 엉겅퀴를 얹었다.

"어디서 꺾었어?"

시인이 묻길래 이 근처 성당 공소에서 가져왔다고 했더니 시인이 잠시 후 일어서서 밖으로 나가는 최도사를 불렀다.

"나 담배 피우러 가는데 왜……."

버들치 시인은 주머니를 뒤져 5000원짜리를 한 장 꺼내더니 최도사에게 내밀었다.

"그래도 남의 것 그냥 가져오면 못 쓰는 거니까 이거 갖다 드리고 와."

일곱 달 차이에도 꼬박 형이라고 부르는 버들치 시인의 말을 거역 못 하는 최도사가 언제나 그렇듯 돈을 받으며 "아르써" 했다. 예수님도 5000원이면 된다고 생각하셨겠지.

실은 서울을 떠나오기 전 나는 아팠다. 많이 아팠다. 인간이 싫었고 모든 관계가 허망하고 혐오스러웠다. 그런데 어느새 이 친구들과 함께 웃고 까불고 배려받으며 나는 또 회복되고 있었다.

"언니야, 왜 이리 힘든 일이 생기노? 울 언니 괴롭히는 사람이 이리 많노?"

말하는 J가 아니더라도 나는 안다. 말없이 배려하는 그들의 마음을. 심지어 투덜이 한 작가까지도 투덜거리는 사이사이에 우리 일행을 배려하려 혼자 눈이 따뜻해진다는 것을. 나는 《내 술상 위의 자산어보》의 한 구절을 떠올렸다.

"흔들리며 나아가는 것, 앞으로 나아가지 못하면 배는 전복되거나 떠밀린다. 떠밀림의 끝은 좌초이다. 배가 그냥 있으면 훨씬 심하게 파도를 탄다. 그러니 가야 한다, 울어도 가야 한다. 바다가 늘 그러하듯이 세상이 우리를 내보낸 이유는 이렇게 흔들리라는 것이다."

나도 그 구절에 응답하듯 중얼거렸다.

"그렇지, 한 작가……. 배가 가만있으면 가장 많이 바람을 탄다고……. 그러니 가라고……. 울어도 가라고…… 그래, 그렇겠다.

배가 항구에 있을 때 가장 안전하지만. 그러나 배는 그러라고 만

들어진 게 아닐 테니까."

웃음의 진실
맛의 진심

바다가 와락 해초비빔밥

고난에 빠진 인간에게 가장 필요한 것이 무엇이냐고 물으면 용기, 평정심, 인내 이런 것 말고도 나는 유머를 말하고 싶다. 고난 속에서 유머를 잃지 않는다면 그 사람은 어쩌면 아무것도 잃지 않을 수 있는 거라고 말이다. 유머를 구사한다는 것은 참으로 쉬운 일이 아니다. 작가들에게 물어보라. 슬프고 고통스러운 이야기를 만드는 게 편한지, 웃기는 이야기를 만드는 게 편한지. 유머는 단순한 말장난이 아니다(요즘 아재 개그라는 건 그러니까 유머가 아니다. 실소를 터뜨리게 하니까). 진정한 유머는 우선 교양, 그러니까 다양한 콘텐츠를 가져야 가능하고 그것을 구사하는 마음의 여유, 그것을 듣는 사람들의 알아들을 귀 등을 필요로 한다. 그리고 무엇보다 유머의 핵심은 남들이 은폐하는, 혹은 하려고 하는 진실의 과녁을 정확하게 조준하는 데 있다. 우리가 만일 어떤 사람의 말에 웃는다면 그것이 진실의 과녁을 맞혔기 때문이다. "임금님은 벌거벗었어요"도 그 하나이다. 그리고 그것이 무엇이든 진실의 과녁에 닿은 것은 힘이 있다.

부처나 공자나 예수(출생 연도순) 역시 대중에 큰 영향을 미친 데는 그들이 가진 진리의 감화력 외에도 연설의 유머가 큰 몫을 했으리라는 것은 분명하다. 웃기지 않는 무명의 연설자에게 대중이 몰려들기란 예나 지금이나 불가능하다. '부자가 하늘나라로 들어가기보다 낙타가 바늘귀로 들어가는 게 쉽다'는 말은 지금은 위선자들의 입에 오르내리는 고리타분한 말일지 모르나 그 당시엔 얼마나 배꼽을 잡게 만들었을까. 그것이 얼마나 사실이며 듣는 가난한 이들에게 얼마나 큰 카타르시스를 주었기에 예수는 권력자들에게 죽기까지 했을까.

착하고 얌전한(!) 내가 술을 좋아하게 된 데 가장 큰 영향을 미쳤던 것은 역시 나의 친구들이었다. 대학 시절 모두가 문학가 지망생들이었던 그들은 이 셋을 다 갖추고 있었다 해도 과언이 아니었다. 작가가 되고 싶은 그들은 인문학적 소양을 다투어 익혔고, 세속적으로 크게 성공하고 싶은 욕망이 없으니 쫓기지 않았기에 여유가 있었다. 그리고 우리들은 서로 화자이고 청자였기에 그것을 알아들을 귀는 충분했다. 이들과 어울리다 보니 다른 모임은 아주 시시했다. 이후 대학을 졸업하고 사회에 나와 나의 귀를 쫑긋거리게 하는 다른 모임들을 만나게 되었는데 그건 젊은 사제들이었다. 혹은 수도자들. 그러던 어느 날 나는 한 가지를 깨닫게 되었다. 유머의 질은 권력이나 소유에 반비례하고 교양에 비례한다는 것을. 왜 그런지 모르겠으나 아무튼 그랬다. 그 이후로 나는 애써 부자들과도 잘 사귀어보려던 마음을 버렸다. 압구정동 사모님과 시장의 좌판 할머니 중 같은 조건이라면 누가 더 사람을 웃기는지 생각해보라. 나는 재미없는 사람은 싫다.

각설하고, 거문도 사람들도 만만치 않았다. 첫날 저녁 육지에서는 비싸 감히 손댈 수도 없었던 회와 생선 요리로 한 상을 차려 먹으며 누군가가 한창훈 작가에게 물었다.

"우리가 갑자기 너무 많이 오는 바람에 힘드셨죠?"

한창훈 작가는 초로 시절의 최무룡을 닮은 얼굴을 찌푸리며 잠시 생각에 잠기더니 "솔직히 대답할까요? 가식적으로 대답할까요?"했다. 우리가 누군가? 우리는 진실을 사랑하는 사람들이기에 이구동성으로 "가식적으로요" 했다. 한 작가는 잠시 생각에 잠기더니 한숨을 쉬며 "뭘요, 저의 기쁨인걸요" 했다.

그리하여 자리는 내내 훈훈하게 흘러갔다. 한 작가는 우리에게 "내일은 비바람 예보가 있어 일기가 걱정된다"며 버들치 시인이 손수 요리할 목록 중 해초비빔밥의 해초를 따려면 8시 이전에 썰물의 바다로 나가서 해초를 따는 '척'하라고 주문했다. 그러고는 덧붙였다.

"따는 척이 정 어색하면 그냥 따든가."

다음 날은 바람이 많이 불었다. 게다가 안개마저 짙어 육지를 오가는 배가 끊어지고 우리는 안개 짙은 바다에 서 있을 수밖에 없었다. 한 작가는 후배에게 빌린 9인승 승합차를 가져와 우리를 태웠다. 차로 거문도를 구경시켜주려는 것이었다.

"여기가 영국군이 점령했던 터가 있던 곳이야. 여기에 영국군이 들어오자 일본이 약삭빠르게 그 건너편에 유곽을 세웠지. 거문도는 우리나라에서 최초로 '전기가 들어온' (것을 본) 곳, 우리나라에서 최초로 테니스구장이 생기고 테니스를 친 (영국인들을 본) 곳이지."

차는 굽이굽이 모퉁이를 돌아 한 포구에 섰다. 그 포구 언덕에는 한 작가가 다녔던 초등학교가 있었다.

"여기가 영화 〈순정〉의 배경이 되었던 곳이야."

영화 〈순정〉은 한 작가의 단편소설 〈저 먼 과거 속의 소녀〉를 원작으로 해 그가 직접 시나리오를 썼고, 장편으로 개작도 한 작품이다. 섬에 살았던 다섯 소년·소녀 들의 이야기를 담은 그 소설과 영화는 수채화 같은 작품이라는 평이 있었다.

"실환데, 여기 다리 아픈 애가 살았어. 친구들이 그 소녀를 업고 매일 학교에 다녔지. 학교를 졸업하고 모두 여수로 진학하고 나자 소녀는 여기 혼자 남았어. 매일 바다만 보고 있던 소녀는 어느 날 친구들이 돌아올 무렵 바다에 빠져 시체로 발견되었지. 서둘러 소녀를 매장해버리려는 어른들에게 맞서 친구 다섯은 그녀의 장사를 제대로 지내고 싶어서 여기 마을회관에서 2박 3일을 버텨. 내일이면 상여가 나가야 하는데 아뿔싸, 그제야 알게 된 거야. 어른들의 도움 없이는 상엿소리를 낼 수가 없다는 것을. 아이들은 밤새 고민하다가 결정해. 상엿소리 없어도 좋다, 어른이 없어도 좋다. 그리고 집에 있는 카세트 플레이어를 가져와서 소녀가 평소에 좋아했던 팝송을 틀어. 그걸 상여 앞에 붙들어 매고 묻으러 가는…… 뭐 그런 이야기야."

유머도 맛도
숨겨진 것을 들출 때
힘이 생긴다

섬에는 여전히 희뿌연 안개가 가득했다. 건너편 섬의 윤곽이
흐려지고 있었다. 거세진 비 때문에 차 안에서 그의 이야기를 듣
는데 하필이면 슬픈 음악이 스피커에서 흘러나오기 시작했다. 에
잇, 하면서 J가 코를 횡 풀었다. 비가 조금 그치고 우리는 차에서
내릴 수 있었다. 지금은 유치원의 간판을 단 초등학교를 오르며
모두 말이 없었다.

고독은, 배가 오가지 못하는 이 망망대해의 고독은, 친구들이
모두 떠나고 혼자만 남은 고독은……. 사람들이 북적거리는 도시
에서 혼자 왕따가 되고 혼자 실직하고 혼자 비정규직이 되는 고
독과 어떻게 다를까. 절망에 우열을 매길 수 있을까.

최재봉 기자가 "한 작가, 그 영화 히트했으면 여기 거문도에 순
정비가 하나 서는 건데 말이야" 하고 분위기를 돌렸다. 기다렸다
는 듯이 한 작가가 입을 열었다.

"그라제……. 그라문 '저 팬이에요, 방금 버스로 섬에 도착했어
요' 이런 팬도 없고 말이야."

"버스로 여길 와요?"

우리가 묻자 한 작가가 대답했다.

"가끔 있어요. '선생님, 방금 버스로 거제도 왔어요. 어디로 갈까요?' 뭐 이래요. 정말 착한 독자들이죠. '거' 자는 기억했던 거예요. 거문도, 거제도. 어쨌든 '거'가 들어가니까."

배도 끊기고 저녁은 일찍 내렸다. 버들치 시인은 아까부터 입을 다물고 바닷가로 혼자 내려가 다시금 물이 빠진 바닷가 바위에서 작은 칼을 들고 무언가를 따 담고 있었다. 따는 척하기가 어색했나 보다. 그리하여 우리는 그날 저녁 배가 끊긴 섬에서 먹을 수 있는 최고로 호사스러운 밥상을 받았다. 비빔밥은 비빔밥인데 색색이 고운 해초들이 거기 놓여 있었다. 그 해초들을 초고추장에 비벼 한입 물자 아까 이곳을 빠져나간 바다가 와락 밀려드는 것 같았다.

"너무 맛있다."

내가 말하자 버들치 시인이 아까 한 작가를 따라 "가식이지?" 했다. "진짜야. 이거 뭐가 들어간 거야?"

내가 다시 묻자 버들치 시인이 대답했다.

"가사리, 참풀가사리, 톳은 데쳐서 넣고 칡잎순과 돌찔레순 그리고 갯방풍잎도 썰어 넣었어. 양념은 김, 들기름, 고추장, 어간장 등으로 만들었고."

"뭐라고? 가사리 뭐? 돌 뭐?"

"가사리, 참풀가사리, 톳, 칡잎순과 돌찔레순 그리고 갯방풍 잎!"

"하나도 몰라. 그걸 어떻게 외워?"

그러자 버들치 시인이 대답했다.

"그냥 가식으로 해. 가식으로 알았다고 하고 먹어. 알았지?"

한 가지 덧붙여야겠다. 유머가 진실의 과녁을 맞혀야 하듯 눈물 또한 그러하며 사람을 기쁘게 하는 맛 또한 어쩌면 그렇다고 말이다.

나한테 도대체 왜 그러느냐

아직은 낯설다. 오른쪽으로 먹는 일이 서툴다

거의 이십여 년 오른쪽 어금니 두 개가 없이 살며

왼쪽으로만 음식을 먹었는데

치과를 하던 친구가 이를 뺄 때도 그랬다. 임플란트를 해주겠다고

시인이 뭐 돈이 어디 있겠느냐 그냥 해주겠다고,

시집 나오면 시집으로 갚으라고

그것도 빚이었다

고마운 말을 가슴에 담고 그냥저냥 견디며 살아가려니 여태 그랬는데

그 친구에게 전화를 했다. 20년 전 약속 아직도 유효하냐고

껄껄 웃으며 아직 유효하단다

언제든 오라는 전화기 건너편 환한 얼굴

얼마 전 몇 개월에 걸친 치료 끝에 드디어 어금니 두 개를 넣었다

치료를 마치고 버스를 타러 간이 정거장까지 걸어가는 길

전주 한옥마을을 지나가는데 손수건을 파는 곳이 눈에 띈다

손수건 앞에서 살펴보는데 아가씨가 나와서 묻는다

아버님이 쓰실 겁니까?

속으로 그랬다. 우리 아버지 돌아가신 지가 언젠데……

그렇게 생각하며 아니요, 그랬더니

그럼 여자분이 쓰실 겁니까? 되묻는다

나중에 가만히 생각해보니 아버님이란 게

나를 가리킨 호칭이라는 걸 알고

참, 나 원 기가 막혀서

아직 장가도 안 간 나를 보고 뭣이 아버님이라고

올해는 좀 별나다

딱새들이 처음에는 아궁이 옆에 둥지를 지어서

불을 때러 갈 때마다 삑삑거리며 눈치를 주더니

나중에는 방문 앞에다 둥지를 짓고

문을 열고 닫을 때마다 뻑뻑거린다

며칠 동안 마음 놓고 문을 열고 닫기도 눈치가 보여

내내 마음에 걸렸다

야, 나도 내 집에서 눈치 안 보고 좀 편하게 살고 싶단 말이야

그런데 요새는 또 발효차 작업을 한다고

뒤뜰 원두막을 자주 사용하는데

원두막까지 따라와서 둥지를 짓는다

원두막 위쪽에 옹기그릇 깨진 것을 접착제로 붙여서

재떨이로 사용하던 것을 올려놓았는데

거기 또 둥지를,

도대체 왜 이러냐고

왜 이렇게 따라다니며 나한테 눈치를 주느냐고

딱새 수컷이다. 눈이 마주쳐서

야 너, 하고 뭐라고 하면

이렇게 왼고개를 꼬며 모른 척 고개를 돌린다

야, 정말 나한테 왜 이러는 겨

단식,
지극한 혼자만의 시간
김장김치 고명 올린 냉소면

오랜만에 보니 버들치 시인의 볼이 홀쭉 들어가 있었다.

"어디 아파?"

내가 물으니 시인은 "아녀"라고 말하며 고개를 돌렸다. 옆에 있던 최도사가 "단식했나 봐" 하며 말을 거들었다. 나이가 들수록 여름이 힘들다는 것을 실감한다. 젊을 때야 얼음을 끼고 살며

찬 맥주를 들이붓고 팥빙수를 먹고 냉면을 먹어도 아무렇지 않았는데 이제는 몸이 신호를 자주 보내고 있는 터라 그렇게 좋아하는 아이스커피도 삼가는 중이었다. 옛 어른들이 왜 추운 겨울이 아니라 더운 여름에 따뜻하고 영양가 많은 음식을 먹으라고 했는지도 이제 알 것 같다.

"형, 여름엔 단식하지 마. 이젠 나이도 생각해야지."

내가 묻자 버들치 시인은 "응 그냥……" 하고 말았다. 이 밥상 시리즈를 단식으로 끝내고 싶었던 나는 사실 그의 이른 단식에 약간 맥이 빠지기도 했다. 이건(이번에 안 쓰고 미뤄뒀다가) 책 맨 마지막으로 가야 하나 싶었던 거다.

나는 이제 곡기를 완전히 끊는 단식은 하지 않는다. 다른 이들은 모르겠으나 내게 그것은 또 다른 의미의 견딤, 추구 혹은 욕망이라고 느껴졌기 때문이다. 그 후로는 주로 가톨릭적인 단식을 가끔 한다. 그건 어떤 지향을 가지고(예를 들면 한반도의 평화, ○○의 병 회복을 위해) 한 끼는 굶고, 한 끼는 먹고(잘 차려진 않고 육류 없이 평범하게), 한 끼는 죽이나 수프 등으로 때우는 것을 말한다. 노동을 해야 하는 사람들을 위한 과하지 않은 식단이다. 절제와 소박한 밥상을 추구하는 이 방식이 맘에 든다.

단식에 대해서는 또 다른 기억이 있다. 친구와 만나 이야기를 하는데 그 친구가 "미안, 나 지금 밥 못 먹어. 단식 중이야" 하는 거였다. 친구는 종교도 가지고 있지 않았고, 다이어트를 할 만큼 살이 찌지도 않았다. 내가 의아해하자 친구가 대답했다.

"내가 요새 자꾸 애들한테 화를 내고 있더라고, 그래서."

그 대답이 이상하게도 내 맘에 오래 남았는데 어느 날 성경을 읽다가 갑자기 친구 생각이 났다. 자신의 불륜으로 낳은 아이가 신의 진노로 병에 걸리자, 옷을 찢고 재를 뒤집어쓰고는 단식을 하는 다윗의 장면이었을 거다. 순간 친구 생각이 났고 단식의 의미가 명확해지는 것이었다.

화가 나거나 슬플 때 술을 마시곤 하던 내가 얼마나 잘못된 인생을 살았는지도 느껴졌다. 술은 최고의 에너지원. 나는 분노하거나 슬플 때 술을 마심으로써 내 슬픔에, 내 분노에 최고의 에너지를 공급해주고 일생 돌이키기 싫은 어리석은 말과 행동을 했던 것이라는 깨달음이었다. 친구는 자신의 분노에 에너지를 더 공급하지 않기 위해 며칠 곡기를 끊은 것이었다. 재를 뒤집어쓰고 옷을 찢는 것은 사교활동을 차단하고 홀로 있음으로써 안으로 침잠하고 성찰하는 것을 상징하는 것이리라. 그러니 이제 슬픔에 잠기거나 언짢아하는 친구가 있거든 "술 한잔하고 풀자" 하지 말고 "너 혼자 머물며 단식하고 나와라" 해야 할 것 같았다.

아마도
오래도록 기억될 시간들

  시인은 우리를 위해 냉소면을 준비했다. 차게 먹기 위해 국물은 멸치를 조금 덜 넣고 다시마와 양파 껍질, 파 뿌리 등으로 냈다고 했다. 국수를 삶고(분명 내가 먹는 평범한 소면이었는데 시인의 국수는 놀랍도록 쫀득했다. 비결은 삶고 나서 얼음물에 헹구는 것이란다) 차게 식힌 국물을 붓고 그 위에 김장김치 잘게 썬 것과 오이를 곁들였다. 오이는 약간 늙은 것을 소금에 절였다. 시인의 나무 밥상에 앉아 차게 만 소면을 먹고 있으려니 뭐랄까, 소박한 행복 같은 것이 느껴졌다. 물론 이 행복감에 에너지를 공급해주는 술도 곁들인 것은 물론이었다. 내가 물었다.

  "형, 우리 텃밭에 오이 농사는 올해 조금 되었는데 호박은 또 실패야. 나는 호박 복이 없어도 너무 없어. 남자 복보다 호박 복이 더 없는 것 같아."

  "오이가 되는데 호박이 안 될 리가 있나?"

  시인이 되묻자 옆에서 최도사 형이 "호박은 인분이 있어야 해" 하는 것이었다. 하기는 호박을 잘 따 먹었던 해는 겨우내 강아지 똥을 모아 삭혔다가 그 구덩이에 호박을 심은 때이기는 했다. 시인이 말했다.

"하기는 우리 할머니가 나 어릴 때 조천석 씨 이야기를 많이 하기는 했지."

"조천석? 그게 누구야?"

그러자 시인은 국수를 먹으며 천천히 이야기를 꺼냈다(기적이 하나 일어나고 있는데 그건 시인의 말이 빨라졌다는 거다. 게다가 요즘은 조금 늘어져 우리가 지루해하면 약간 울상을 지으며 "나 결론 빨리 말할 거야, 정말이야" 이러기도 한다).

"우리 할머니 말이 조천석이라는 사람이 살았는데 그리 게을렀대. 그래서 매일 아랫목에 누워 지냈는데 뒷간 가기도 귀찮아서 날마다 윗목에다 똥을 쌌대. 겨울이 지나자 윗목에 그 사람 똥이 엄청나게 쌓였는데 겨울이 지나고 봄이 와서 거기 누가 조를 하나 던졌더니 조가 천 석이나 열렸대. 그래서 조천석."

무슨 일인가 듣고 있던 우리들은 깔깔 웃었다. 잘 나가다가 아재 개그로 가는 법까지 익힌 버들치 시인은 다시 덧붙였다.

"우리 할머니가 나 어렸을 때 하도 게으르다고 그 사람 이야기를 해주는 거야. 남준아, 왜 그렇게 게으르니. 게을러도 조천석이만큼만 게을러라. 안 그러니, 남준아. 부지런해서 남 주니?"

우리는 먹던 국수를 뿜을 뻔하며 웃었다. 나는 안다. 시인이 요즘 우리에게 잘 보이려고 분명 며칠 동안 이 유머를 연습했을 거라는 것을.

국수를 먹고 나서 우리는 주섬주섬 간식거리와 소주 그리고 맥주를 챙겨서 인근 계곡으로 갔다. 지리산 원주민만이 아는 프라이빗 풀, 혹은 알탕이었다. 천혜의 계곡이 조그만 개인 풀처럼 펼쳐져 있고 우리는 그 바위에 앉아 계곡에 발을 담갔다. 발을 담그자 마치 닥터 피시처럼 조그만 물고기들이 우리의 발을 쪼아댔다. 내가 비명을 지르자 "뭐 어때…… 나름 육류를 먹는 거야. 이 계곡을 조금 나누어 쓰려면 그 정도 서비스는 해야지" 하고 최도사 형이 수영복을 입고 물로 뛰어들며 말했다.

신기하게도 물고기들은 우리 발을 먹으려 달려들고, 물가에서 J는 다슬기를 주웠다. 이따가 된장찌개를 끓여준다면서 말이다. 바람이 불지 않아도 계곡은 서늘하고 우리들은 그렇게 웃다가 섬진강으로 내려왔다. 섬진강변은 생각보다 덥지 않았다. 해가 질 무렵 늘 여기를 따라 걷는다는 버들치 시인 코스로 우리는 걸었다. 신발을 벗어 들고 모래사장을 걷는데 나도 모르게 노래가 나왔다.

"엄마야 누나야 강변 살자. 들에는 반짝이는 금모랫빛. 뒷문 밖에는 갈잎의 노래. 엄마야 누나야 강변 살자."

우리는 해가 지는 그 강변을 큰 소리로 노래 부르며 걸었다.

소박한 국수를 먹고 계곡에서 오후의 햇살을 피하고 발을 담그며 해 질 무렵 강변을 걷는 이 시간이 내게는 아마도 오래 기억될 것 같았다. 사는 게 이런 건데, 무엇을 찾아 그리 헤매고 있나. 오래된 회한 같은 것도 밀려왔다.

버들치 시인이 내게 다가와 낮게 말했다.

"꽁지야, 나 단식하는 거 어쩔 수 없어서 했어. 그리 안 하면 혼자 쉴 수도 없고 혼자 머물 수도 없어. 누가 찾아왔는데 밥 안 해 줄 수도 없고. 그래서 한 거야, 그래서."

그리고 보니 그의 단식은 내가 말한 옷을 찢고 재를 쓰고 한 성경의 단식과 닿아 있는 것인가 보다. 무엇을 쓴다는 사람들, 새로운 걸 만들어내야 하는 사람들, 그들에게는 이것이 필요하다. 나조차도 애타게 그렇다. 비워내는 것 말이다.

그건 사랑이었지

가죽나무 판이 만든 오방색 다식

첫 번째 틈. 작가 박경리는 그녀의 위대한 저작 《토지》를 구상하는 단계에서 우연히 하동 악양벌을 지나가게 되었다고 한다. 자신이 작품 속에서 자신 있게 구사할 수 있는 언어는 서부 경남의 사투리인데, 서부 경남 쪽에는 대지주가 등장할 만한 넓은 평야가 없었기에 고민이 깊어가던 참이었나 보다. 그러던 중 우연히 차를 타고 악양벌을 지나가면서 '바로 이곳이다' 싶었고 그곳에 자신이 상상하던 최참판 댁을 그려 넣기 시작했다고 한다. 박경리는 《토지》가 한창 진행되고 유명해진 후, 그러니까 작품 속에서 최참판 댁이 몰락하고 모든 재산이 조준구에게 넘어간 후 다시 그곳을 지나게 됐다. 그때 자신이 그린 작품 속 최참판댁의 구조와 거의 흡사한 집이 있으며 현재 '조부자 댁'으로 불린다는 것을 알고 '내가 전생에 그곳에 살았던가' 하는 기분을 느꼈다고 했다.

작가로서 나는 이 모든 것을 충분히 이해한다. 가끔 이 '쓰윽 보기' 혹은 직관이 지나쳐서 뒷조사를 했다는 영광스러운 의혹을 받을 때도 있다. 늘 말하지만 글쓰기는, 창작은 결코 인간의 노력만으로 되지 않는다. 그것은 필시 '뮤즈'를 필요로 한다. 백 일 밤낮을 앉아 글을 쓴다고 위대한 작품이 나오는 것이 결코 아니란 거다. 대개 걸작들은 문득, 홀연히, 어느 날 밤 지나가는 길에, 우연히 얻은 영감으로 시작된 것들이다. 나 역시 그 '뮤즈'가 오지 않으면 속수무책이다. 여기서 한 가지 더 알아야 할 것은, 그 '뮤즈'는 백 일 밤낮을 앉아 뮤즈가 와주기만 하면 모든 것을 할 준비가 되어 있는 자에게만 온다는 것이다.

두 번째 틈. 나는 박남준의 차를 가끔 얻어 마신다. 그가 끓여 주는 차는 특별하다. 여러 번 그가 차를 따는 현장에 초대받았으

나 가지 못했다. 이번에는 사진작가 숯팁의 도움을 받아 동영상으로 그의 차 작업을 보다가 거짓말 조금 보태서 기절할 뻔했다. 차가 집약되고 지난한 노동의 결과라는 걸 알게 된 것이다.

차 이야기를 꺼내는 것은 그가 우리에게 맛있는 식사 이후 다식을 만들어주었기 때문이다. 다식은 요샛말로 차와 함께 먹는 디저트 과자다. 언제나처럼 까탈스러운 버들치 시인의 가장 믿음직한 요리 조수인 J가 시인의 부탁으로 만들어온 재료들을 꺼냈다. 작은 밀가루 반죽덩이처럼 보였는데 그 내용물은 이랬다. 가장 기본이 찹쌀이다. 찹쌀로 고두밥을 지어 말렸다가 분쇄기에 간 것에 치자와 오미자 그리고 녹차 우린 물을 섞어 노랑, 빨강, 파랑 반죽을 만들어놓았다. 그리고 흑임자를 볶아 분쇄기에 간 것, 강낭콩을 쪄서 으깨 말린 것, 녹두를 쪄서 으깨 말린 것이 있었다(아휴, 너무 복잡하다). 반죽이 번거롭지만 찍어내는 과정은 의외로 간단했다. 그 가루들을 꿀과 요구르트(꿀로만 하면 너무 딱딱해지는 단점이 있기에)로 반죽해서 찍어내면 되니까. 버들치 시인의 어여쁜 다식판은 전주의 '목우헌'에서 가죽나무로 그를 위해 특별히 만들어준 것이다(이걸 만들어준다고 이렇게 잘 쓰는 사람이 또 있을까?).

과자를 즐기지 않는 나는 그저 맛을 보기 위해 한 점을 먹었는데, 너무 맛있었다. 나는 글을 써야 하니까 맛을 충분히 봐야 한다고 우기며 와구와구 먹는데 그 빛깔은 모시에 들인 천연 염색처럼 은은했고 맛 또한 은은하고 깊었다. 다식을 먹으며 버들치 시인이 따라주는 해차를 마시고 있자니, 그 은은한 맛이 냇가의 한 줄기 소슬바람 같기도 하고, 첫 데이트 때 코끝을 슬쩍 스치던, 먼 기억 속 그의 스킨로션 냄새 같기도 하고. 그러니까 그 맛은 노골적이지 않고 드러나지 않으나 분명히 존재하고는 있어 섬세한 이들에게만 선물처럼 주어지는 감각이라고나 할까. 나는 왜 버들치 시인이 이토록 우리 것을 좋아하고 추구하는지 약간 알 것 같았다. 그의 성정이 그러하고 그가 추구하는 바가 그러하기에 그와 아주 잘 어울렸다. 은은하고 슬쩍 감추어져 있는데 찾는 자에게만 살포시 드러나는 것.

"차를 따서 덖지, 밤새 말이야. 그러다가 말리고 또 덖고, 일곱 번을 말이야. 이때 팬의 온도는 280~300도 정도. 그리고 대나무 광주리에 말린 다음에 마무리를 해. 맛내기라고도 하는데 이때 130~150도 정도의 팬에 차를 넣고 덖는 거야. 앞에서 덖을 때는 면장갑에 비닐장갑, 다시 그 위에 면장갑을 끼고 덖는데 이때는 맨손으로 해. 맨손으로 철판과 차 사이에 손을 넣어 뒤집기를 반복하는 거야."

"어떻게 그럴 수가 있어, 그 뜨거운 것을" 내가 묻자 그가 대답했다.

"그게 말이야, 돼. 절묘하게 그 사이를 비집는 거야."

나는 무심히 마시던 찻잔을 문득 내려다보았다. 이렇게 연하게 푸르고 고요한 찻물은 그 뜨거운 번철과 타들어가기 직전의 뜨거운 찻잎, 그 사이를 절묘하게 비집던 맨손, 그 땀나는 노동의 산물이었던 것이다. 이 맑고 고요한 것이.

씨앗을 품은
나이 듦의 아름다움

세 번째 틈. 다식을 먹고 우리는 악양벌로 산책을 나갔다. 날이 더워서 차가운 막걸리를 한 통 샀다. 버들치 시인이 제안했다.

"소나무가 막걸리 잘 드시는 거 알지?"

동네 마실 정도로 생각했기에 막상 문암송을 보자 내 입은 다물어지지 않았다. 높이가 12미터, 둘레가 3미터, 가지(수관)의 폭이 남북 12.5미터, 동서 16.8미터. 사실 이렇게 큰 나무가 그리 신기할 것은 없었다. 문제는 그 아랫도리, 나무로 치면 가장 중요한 뿌리 부분이었다.

600년 전 커다란 바위 위에 씨앗이 하나 떨어졌을 것이다. 씨앗의 뿌리는 바위를 둘로 쪼갰고 그 과정에서 뭐라 말하기 힘든 신비한 형상이 생겨났다. 나는 이렇게 관능적인 소나무를 처음 본 듯했다. 보이지 않던 그 아랫도리는 탱탱한 살결 같았다. 그것이 바위를 뚫어 쪼개되 파괴하지는 않은 채 그 관능적 자태를 드러낸 모습은, 마치 커다란 바위를 감은 푸른 등의 구렁이인 듯, 아직도 생명으로 꿈틀거리는 것 같았다.

오래된 나무들을 보아왔지만 600년 된 나무가 이토록 싱싱한 것은 처음이었다. 물론 이제 나는 안다. 다른 친구들이 좋은 밭에 떨어져 쑥쑥 자라는 동안 이 문암송은 그러지 못했으리라. 바위에 고이는 물로 겨우 존재했을 것이다. 포기하고 싶었을 것이다. 재수 없는 시작이었을 것이다. 애초부터 게임이 안 되는 것이었을 테니까. 모두들 오래가지 못할 거라고 했을 것이다. 그리고 스스로도 그랬을지 모른다. 그러던 어느 날 바위에 고인 빗물에서 그 여린 뿌리의 끝은 아주 미세한 틈을 감지했을 것이다. 그는 거기에 온 목숨을 걸었을 것이다. 누가 알았으랴, 그 작은 소나무 싹이 바위를 뚫을 줄이야.

젊은 날의 고난은 돈을 주고라도 사야 한다는 말을 멸시했던 것은 내가 젊어서였다. 이제 그 말의 의미를 안다. 고난이 없기를 바라지 않는다. 그런 삶은 사람뿐 아니라 동물, 심지어 식물에게도 없다. 고난이 없다는 것은 그러니까 죽음과 동의어일지도 모른다. 내가 가끔 딸에게 이야기하는 대로 "3층 지었다가 태풍 만

나는 게 좋겠니? 50층 지었다가 태풍 만나는 게 좋겠니?" 이런 것일까…….

버들치 시인은 거기서 시를 하나 낭송했다. 젊은 날 이 나무를 보고 쓴 〈아름다운 관계〉라는 시였다.

"그 작은 것이 뿌리를 내리다니/비가 오면 바위는 조금이라도 더 빗물을 받으려/굳은 몸을 안타깝게 이리저리 틀었지/사랑이었지……"

나는 귀를 의심했다. '아름다운 관계'라는 제목부터 좀 의아했는데 여기서 몸을 뒤트는 것은 소나무가 아니라 바위인 것이다. 더운 내 등으로 찬 소름이 지나갔다. 태고부터 거기 있어온 바위가 잘못 내려앉은 그 어린 소나무를 위해…… 인 것이다. 어린 소나무가 불굴의 의지로 바위를 뚫은 것이 아니라 늙은 것이 어린 것을 위해 필사의 힘을 다해 생명을 키워내는 이야기로 시인은 이 관계를 읽었던 것이다. 아직도 무언가를 극복하고 뚫고 그런 것에 감탄하고 있던 나에 비해 그는 이미 내어주고 죽어주고 갈라짐을 견디는 바위에 주목했던 것이다. 낭송은 이어진다.

"사람들은 모르지 처음엔 이끼들도 살 수 없었어/아무것도 키울 수 없던 불모의 바위였지/작은 풀씨들이 날아와 싹을 틔웠지만/이내 말라버리고 말았어/돌도 늙어야 품안이 너른 법/오랜 날이 흘러서야 알게 되었지/그래 아름다운 일이란 때로 늙어갈 수 있기 때문이야."

우리들은 말없이 남은 막걸리를 한 잔씩 마셨다. 여름 해가 길게 지고 있었다. 늙어가는 것이 아름답다는 건 어떤 것일까. 씨앗이 바위를 뚫은 게 아니라 늙은 것이 어린 것을 위해 필사의 힘으로 생명을 키워낸 것, 그것이 늙음의 아름다움 아닐까? 문암송 곁에는 바람이 차게 식었다가 불어왔다.

너 때문

하루종일 말 한마디 나누지 못할 때가 있었다

혼자서 혼잣말을 중얼거리다

내 목소리가 내 귀에 들리던

그 천둥 같은 소리라니 흠칫 놀라는 일도 있었다

혼자 살면 심심하지 않으냐는 말 자주 듣는 한 가지다

옛 선비들은 어찌 지냈을까

문헌을 살피며 이런저런 일들 떠올려보다가

그중 하나가 단오 무렵 여름 시원하게 건너시라고

지인들에게 부채를 그려 나누던 작은 일거리를 시작한 지도

그럭저럭 한 이십여 년이 되었다

해마다 되도록이면 새로운 소재를 그리려 하지만

내가 뭐 그림쟁이도 아니고 그저 심심파적

올해도 뭐 떠오르는 것이 없나 궁리하다가

옳다 빠리릿

뜰 앞에 핀 자줏빛 초롱꽃을 보며

초롱꽃이 피었다

너 때문이다

우리는 언어를
얼마나 배반하는가

식물성 식감 무안 낙지

버들치 시인은 요리를 좋아하는 사람답게 은근 예쁜 그릇을 많이 가지고 있다. 대개 도자기거나 아니면 옻칠그릇이다. "형, 이거 어디서 났어?" 하면 버들치 시인은 "으응, 누가 줬어" 이러고 만다. 나는 내심 "그거 이쁘지? 가질래?" 하기를 바랐으나 그는 그런 말은 한 번도 안 했다. 욕심이 없는 그였지만 그릇에만은 은근 탐심이 충천하는 모양이었다. 옻칠그릇이야 같은 동네에 사는 옻칠공예가 성광명의 것이겠지만 도자기는 궁금했다. 여러 번 되물은 끝에 나는 그가 가진 맑고 고운 도자기 그릇들이 전남 무안 '도연 가마'의 것이라는 것을 알게 되었고, 시인에게 거기에 데려다 달라고 졸랐다. 우리들은 더위가 좀 가신 때, 가마에서 그릇을 꺼내는 날에 가기로 하고 날을 잡았는데 처서가 지나도 처분되지 않은 더위가 가마를 방문하는 날까지 이어졌다.

동매골 시인의 집에 가는데 나보다 먼저 도착한 진진, J, 최도사, 숯팁 등이 배를 잡고 웃는 소리가 마을 입구까지 들렸다. 지리산 고양이들이 유독 버들치 시인네 집에 와서 똥을 싸고 간다더니 버들치 시인이 본인의 카페에 그 퇴치법을 올린 모양이었다.

이제 더 이상은 못 봐주겠다. 냐옹 느덜 다 주거써
마당 입구나 개울가 쪽 다리 앞, 그리고 마당 여기저기 누가 볼세라 조심조심 살피며 경계를 표시하고 다닌다
여긴 내 구역이라며 비록 다리 한쪽 들지는 않았으나
어제부터 그랬는데 오늘 아침에 나가 보니 없다
정말 효과가 있는 것인가
짐승들이 영역을 표시하는 방법을 떠올리고 해보았는데
오늘 낮에는 한창 볼일 중인데 우편배달부 오토바이 소리가 나서

허걱~ 뒤돌아서며 자른다고 잘랐는데 바지에 그만 새고 말았다

　아옹 축축해 -_-::

　그런데 어쩐 일로 아랫집만 들렀다 가는 것 아닌가

　에고 오줌통에 뉘야 할 귀한 거름인데

　겨우 냐옹이들하고 영역이나 다투는 거로 쓰이고 있으니 쯧쯧

　우리들은 시인이 큰 고양이가 되어 영역 표시를 하는 모습을 상상하며 배를 잡고 웃었다.

　무안 '도연 가마'에 들어가니(정확히는 에어컨이 빵빵한 차에서 내리니) 불 지핀 가마 속 같았다. 가마 안이나 밖이나 별 차이가 없을 듯했다. 자연과 벗 삼아 사는 '도연거사'는 달랑 선풍기 한 대만 가지고 있었다.

　오늘 시인은 여기서 낙지볶음과 연포탕 그리고 탕탕이를 하기로 했다. 솔직히 먹을 것 생각은 나지 않았다. 더위는 우리들의 지성을 마비시키고 심지어 식욕까지 감퇴시키고 있었다. 부엌에서는 시인과 J가 땀을 뻘뻘 흘리고 있었다. 올여름의 더위는 날씨가 아니라 하나의 거대한 시련 같았다. 그래도 가끔 한 줄기 바람이 불어오면 슬쩍 무안 낙지가 대체 어떤 맛일까 궁금했다.

　낙지 하면 떠오르는 이야기가 있다. 무안 출신 친구가 해준 것

이다. 낙지 몇 마리만 잡으면 용돈벌이가 되니 친구도 어린 시절부터 낙지를 잡으러 갯벌로 나갔다고 했다. 낙지 구멍을 찾아 개흙에 팔을 밀어 넣으면 낙지 머리가 잡히고 쑤욱 끌어 올리면 된다고 했다. 그러던 어느 날, 유독 낙지가 잡히지 않아 애가 타던 날이었는데 어깨까지 잠기도록 갯벌에 손을 넣으니 미끈한 머리가 잡히더라는 것이었다. 잡아 빼려고 하는데 미끈하며 낙지가 조금 더 안으로 들어가버렸다. 손가락 끝으로 낙지의 머리만 느껴졌다. 어떻게든 잡으려고 하다 보니 손가락 끝으로 낙지 머리를 꼬집는 형태가 되어버렸다. 그러자 낙지는 조금 더 안으로 들어가버렸다는 거다. 세상에서 제일 큰 고문이 잡힐 듯 잡힐 듯 잡히지 않는 것이라는데, 친구는 한 번 더 팔을 깊숙이 넣었지만 이번에도 또 머리만 잔뜩 꼬집고는 끝내 잡지 못했다고 했다. 아무래도 어린아이라서 팔 길이도 짧았을 거다. 다음 날 아침 친구는 다시 한번 뻘에 나갔는데, 이번에는 몇 마리를 건질 수 있었다. 신이 난 그가 시장으로 달려가 늘 낙지를 사주던 할머니에게 낙지를 건넸는데 가만히 살펴보니 이미 할머니가 확보한 낙지 중 한 마리가 친구를 째려보더라는 거였다. 자세히 살펴보니 낙지의 머리가 시퍼렜다고. 꼬집혀 멍이 들어서 말이다.

결핍을 경험하지 못한 채움에는
기쁨이 없겠지

　시인은 무안 낙지로 한, 세 가지 요리로 밥상을 차렸다. 제일 먼저 먹은 것은 낙지탕탕이. 가장 발이 가는 낙지를 칼로 탕탕 쳐서 만든 음식이라 이름이 탕탕이인가 보다. 들기름에 적신 소금에 그것을 찍어 먹는 순간, 나는 깜짝 놀라고 말았다. 낙지를 아주 좋아하고 자주 먹는 나지만 이런 맛은 처음이었다. 놀라운 식물성 식감이었다. 뭐랄까, 꼬들꼬들한 해초나 나물을 먹는 듯한 부드러움과 쫄깃함, 게다가 그 가는 것이 씹힐 때마다 터져 나오는 고소함이라니. 무릇 '조선' 자가 붙은 모든 품종은 대개 작고 단단하고 고소한데 이 낙지야말로 '조선 낙지'라고 해도 과언이 아닐 것 같았다.

　밥상에서 게 눈 감추듯 탕탕이가 사라진 후 우리는 연포탕과 낙지볶음을 받았다. 연포탕은 다시마와 양파 껍질로 국물을 내어 어간장으로 간을 했다. 원래는 무를 넣어야 하는데 무가 없어 호박을 굵게 썰어 넣고, 비린내를 잡는 마늘도 두어 쪽 크게 썰어 넣고, 한소끔 끓인 후에 풋고추와 홍고추를 얹었다. 분명 뜨거운 국물이건만 맑은 국물은 아주 시원했다.

　낙지볶음은 누구나 아는 대로 팬에 양파, 양배추 같은 야채를 먼저 볶다가 고춧가루, 매실 진액, 집간장, 다진 마늘 등을 넣은 양념을 낙지와 함께 슬쩍 볶아내는 것이다. 시인의 포인트는 야채를 볶을 때 기름 대신 다시마 국물을 조금 넣는 것이라고 했다. 그래야 기름지지 않고 야채가 순해지면서 볶음이 잘된다고.

여름날 지친 소가 힘이 없어 쓰러지면 낙지를 칡잎에 싸서 먹였다는 것처럼 낙지는 참으로 소중한 보양식이었다. 그러나 그날은 그 낙지도 더위를 이기지 못했다. 낙지 요리를 먹고 우리는 모두 말이 없어져갔다. 그런데 도연 가마의 한쪽에 하얀 고양이가 보였다. 요리를 마친 시인이 벌써 그 고양이를 쓰다듬고 있었고, 고양이는 벌써 시인에게 배를 홀랑 내보이며 애교를 피우고 있었다. 시인은 고양이를 쓰다듬으며 말했다.

"어떻게 해야 니네들이 울 집에 똥을 안 쌀까, 응?"

"내가 꼭 쥐약이라도 놔야겠니? 니들도 그건 싫지? 아니면 너희들이 영역표시 하는 것처럼 점잖지 못하게 나도 마당 여기저기 오줌이라도 누고 다녀야겠니……."

시인은 고양이가 아니라 우리 들으라는 듯 말하고 있었다. 고양이를 그렇게 싫어한다고 하더니 지금 고양이를 예뻐하는 게 쑥스러워 그러는 거였다. 그걸 보며 우리는 배를 잡고 웃었다. 언어가 아니라 영혼을 알아들은 고양이는 시인에게 배를 맡기고 그르릉그르릉 소리를 내며 좋아하고 있었다.

택시기사에게 들은 말 하나가 떠올랐다. 나이가 든 분이 앞자리에 타고는 오른쪽을 가리키며 "좌회전합시다" 한다는 것이다. 이럴 때, 되묻기엔 상황이 급박할 경우, 몸 쪽을 따른다고 했다. 거의 99퍼센트의 정확도를 자랑한다고 말이다. 서울 서초동 '전설의 고향'에 데려다 달라는 노인네를, 영리한 택시기사가 '예술의 전당' 앞에 내려줬다는 이야기나 울릉도에서 너무 맛있게 먹은 나물 이름이 떠오르지 않아 내가 울릉도 출신 친구에게 문자로 "너. 그 나물 이름 아니? 뭐더라, 연탄집겐가?" 이러니 친구 왈 "음. 부지깽이나물" 한 것도 생각났다. 그러니 언어는 얼마나 우리를 배반하는가? 아니, 우리는 얼마나 언어를 배반하는가?

돌아오는 길에 모처럼 귀한 비가 뿌리기 시작했다. 오랜 길을 달려 서울로 돌아왔다. 그날 밤, 가을이 홀연히 창으로 밀려들었다. 끝내 우리들의 머리채를 잡고 놓아주지 않을 것 같던 여름도 그렇게 가고 있었다. 지난여름이 용광로처럼 뜨겁지 않았다면 오늘 부는 이 가을바람이 그리 고맙지 않았으리라. 우리들의 청춘이 불구덩이처럼 힘겹지 않았다면 우리들의 밥상은 한갓 놀이에 지나지 않았으리라. 시인은 밥상을 다 채우지 못하고 그 작은 밥상에서 시를 썼었다. 고픈 배를 찻잔으로 대신하면서. 결핍을 경험하지 못한 채움에는 기쁨이 없겠지. 마지막은 '작가의 밥상'이 될 것이다. 내가 그들을 내 시골집으로 초대했으니까.

외로움을 잊게 한
별 같은 '사람 밥상'

버들치표 미역냉국과 생감자쉐이크

사실 내가 밥상을 차려준다고 평창에 오라고 했지만 저간의 사정이 좀 있었다. 지난번 이 밥상의 마지막을 장식하려던 계획에 차질이 생겼다. 버들치 시인을 '너무도' 사랑한 나머지 누군가 이상한 짓을 한 것이다. 다음은 버들치 시인이 자신의 카페에 올린 글이다. 제목은 '우리 집에도 상추 도동연 같은 일이'다.

발걸음 소리를 들으며 우리 집 감자는 무럭무럭 잘도 자랐다. 감자를 뽑으면 호미 끝에 줄줄이 딸려 나올 감자들을 생각하며 즐거운 상상력이 오갔다. '시인의 밥상'이 다음 달이면 끝난다. 우리 집에서 하는 마지막 꼭지로 두 가지 밥상 중에 국수와 나머지는 감자를 캐는 장면과 그 감자를 밥에 올려 찌고 그 감자를 갈아 감자전을 하고 그 감자를 쏴쏵쏵 채 쳐서 감자나물을 해야지. 그런 일들은 생각만으로도 얼마나 즐거운가.

그런데 우리 집에도 그런 일이 벌어졌다. 상추 도동연 같은 사건이 일어나고 말았다. 거문도에서 해초 밥상을 찍고 돌아왔더니 그 전날엔 비까지 왔는데 비가 온 다음에 며칠 정도는 더군다나 다음 날엔 절대 감자를 캐서는 안 되는데. 아, 이런 신발 &7#4ㅎㅆ3ㅌx ㅋ\@.

(중략)

누군지 모른다. 그러나 대충 짐작은 간다. 쫓아가서 물어보고 뭐라고 해주고 싶지만 억눌렀다. 내가 이런 일을 얼마나 당하고 살아왔던가. 세상에 그 여자는 왜 이런 말도 안 되는 황당한 짓을 저질렀을까. 잘 알지도 못하는 사람이, 부탁도 하지 않았는데. 왜 이따위 짓을 하고 한마디 메모도 써놓지 않았을까. 아으…… 정말이지 참을 수 없어서 욕이 나왔다. 1년을 기다린다고 써놓았지만 사실 이미 끝나고 말았다. 어쩌겠는가. 일은 이미 끝나고 말았는데. 나도 그런 걸 쓰고 싶었다. 야, 이 야아……. 감자 캐보니까 그렇게 기분이 째지더냐. 남이 땀 흘린 즐거움을 빼앗아간 이 도둑!

좋게 말하면 섬세한(나쁘게 말하면…… 은 하지 않겠다. 좋게 말해야지) 버들치 시인이 얼마나 상심하고 있을지 아는 나는 대뜸 큰소리를 쳤다.

"형, 우리 강원도 집에 감자 심었어. 해발고도가 높아서 괜찮을 테니 내가 캘게. 거기 와서 감자 캐는 사진 찍고 감자전하고 부침 개 해주면 되겠다."

그들이 오기로 한 그 전날, 나는 강원도 시골집에 내려가 옆집 할아버지께 여쭈었다.

"우리 밭의 감자 캐도 될까요? 그런데 이상하게 꽃이 안 피었어요."

옆집 할아버지가 나를 한참 보시더니 "작가님, 그거 고구마예요" 하시는 거다.

어쩐지 하얀 감자꽃이 안 핀다 했더니……. 이 일을 어째야 할지 난감했다. 하지만 어쩌겠는가. 하는 수 없이 전화해서 사실을 이야기했다. 그러자 버들치 시인이 말했다.

"글쎄, 이 초보 도둑연이 감자를 다 도둑질은 못 했어. 그래서 남은 감자를 캤어. 그거 가지고 갈게."

고흐의 별 같은 노랑이
우리 눈빛 속으로 흘러내렸다

경상도 하동에서 강원도 평창까지는 생각보다 멀었다. 새벽같이 길을 떠났기에 점심이 지나 우리 집에 도착했을 때는 다들 이미 녹초가 되어 있었다. 게다가 기승을 부리는 늦더위는 평창 해발 700미터까지 침범해 있었다. 점심이고 뭐고 더위에 녹초가 된 그들에게 나는 불려놓은 미역과 다시마와 양파 껍질, 파 뿌리 등으로 미리 내놓은 육수를 내밀었다(이건 내가 했으니 반은 작가의 밥상이 맞다고 우겨본다). 차게 식힌 육수에 불린 미역을 썰어 넣고 언제나처럼 국간장과 어간장 그리고 약간의 매실 진액과 식초로 간을 맞추었다. 여기까지는 어린 시절 엄마가 해주시는 미역냉국. 버들치 시인표 미역냉국은 여기에 감자를 더 넣는다. 즉 삶아놓은 감자를 숟갈로 크게 떼어내어(버들치 시인은 이걸 뚝걱뚝걱 떠 넣는다고 했다) 냉국에 띄웠다. 의외로 고소한 감자가 시원하고 짜콤한(짜고 새콤하다는 뜻으로, 내가 자주 쓰는 표현이다) 미역냉국과 어울렸다. 배고픈 우리들은 누가 먼저랄 것도 없이 시골집 대청에 앉아 미역냉국을 먹었다.

우리가 먹는 동안 버들치 시인은 또 다른 음식을 만들었다. 하나는 감자전이었고 하나는 감자셰이크였다. 감자전이야 감자를

: 315 :

갈아 만드는 것이지만 셰이크는 좀 특별했다. 먼저 생감자를 잘게 깍둑깍둑 썰어 얼린다(생감자는 설사를 일으킬 수 있지만 얼리면 그 성분이 사라지니 안심해도 좋다). 그리고 얼린 감자를 믹서에 넣고 요구르트를 넣어 간다. 이게 다였다. 그런데 뜻밖에도 아주 맛이 있었다. 보통은 이걸로 아침에 든든하게 한 끼를 먹는다는데 정말 그랬다. 진한 밀크셰이크에 감자의 고소함이 약간 가미된 맛? 거기에 요구르트의 달콤함까지.

음식을 탁자에 올리고 사진을 찍는데 언제나처럼 버들치 시인이 우리 정원의 꽃을 따서 접시에 곁들였다. 버들치 시인은 가히 데커레이션의 왕자님. 나도 예쁜 걸 좋아하지만 저런 것은 살짝 남사스러운데 버들치 시인은 스스럼이 없었다. 그리고 실은 예뻤다. 그날 저녁, 점심으로 먹은 미역냉국이 일찍 소화되고 서늘한 밤기운이 도는 시골집 마당에서 내가 횡성 한우 안심을 바비큐로 구워내는데 버들치 시인이 뜻밖의 이야기를 꺼냈다. 아마도 누군가가 "꽃은 왜 거기 놓는 거야?"라고 물었는지도 모르겠다.

"처음에 독립해서 혼자 밥을 먹는데, 찬도 없고 눈물도 나고 그냥 외롭고 서러운 거야. 그래서 집에 오는 길에 꽃 하나를 꺾어와서 밥상에 놓고 먹었어. 의외로 약간 덜 외롭더라고. 다음 날은 이파리를 몇 개 따서 밥상에 곁들였지. 그러자 괜찮았어. 날마다 다른 친구와 밥상에서 벗하는 것 같기도 하고……."

인생의 어떤 일에서는 똑같겠지만,
그래, 언제나 가장 중요한 것은,
언제나 가장 첫 번째에 꼽아야 하는 것은
사람이었다.

일찍 나온 가을벌레 우는 소리가 길게 길게 들리는 동안 아무도 말이 없었다. 집게로 숯불에 이글거리는 고기를 뒤집다 말고 나도 잠시 입을 다물었다. 아름다운 꽃에 외롭고 가여웠던 젊은 날 사연이 곁들여지니 콧등이 짠해왔던 것이다. 그래, 나에게도 그런 시절이 있었다. 다들 그러하듯이, 누구나 그랬듯이. 혼자서 외로움에 목이 메어왔던 밥상을 차린 적이 있었다. 외로움보다 크던 허기 때문에 밥술을 크게 떠어 입안에 넣다가 스스로가 문득 짐승 같아지던 시간들이 있었다. 내가 입을 열었다.

"생각해봤는데 우리 1년이나 이 많은 인원이 움직였는데 참 행복했어. 나 정말 이 자리에서 말하고 싶어. 최도사 형, J, 진진, 숯팁, 〈한겨레〉 팀원들 모두 정말 고맙다고. 이제 이걸로 끝이네. 우리 건배하자."

우리들은 술잔을 들었다. 문득 제이가 말했다.

"언니, 우리가 왜 이렇게 행복한 여행들을 했는지 알아?"

왜냐고? 그런 건 생각해보지 않았다. 내가 어깨를 으쓱하자 제이가 다시 입을 열었다.

"난 생각해봤어. 매달 이토록 개성 강한 사람들이 하루나 이틀씩 거의 합숙을 하며 밥을 해 먹고 움직이는데 어째서 한 번도 낯찌푸린 일이 없었을까? 언니, 그건 이거야. 우리 중에 욕심 있는 사람이 한 명도 없었다는 것."

무언가 가슴을 툭 하고 쳤다. 그래, 당연한 일이 아니었다. 거꾸로 단 한 명이라도 명예욕이라든가 과시욕 혹은 소유욕이 충천한 사람이 있었다면 우리는 조금 혹은 많이 불화했을 것이다. 여러 번 책을 내면서 나는 누구보다 그런 경험이 많았다. 욕심이 관계를 얼마나 망쳐놓는지도 새삼 깨달을 수 있었다. 나는 우리 일행을 둘러보았다. 내게 이 책을 내는 것보다 더 중요한 것이 무엇인지 알 것 같았다. 인생의 어떤 일에서든 똑같겠지만, 그래, 언제나 가장 중요한 것은, 언제나 가장 첫 번째에 꼽아야 하는 것은 사람이었다. 나는 너무도 소중한 이들을 얻은 것이다.

그날 밤 강원도 시골집 마당에는 별이 많이도 떴다. 은하수가 흘러내리고 고흐가 그린 별 같은 노랑들이 엷게 하늘로 흘러내렸다. 우리들의 눈빛 속에 그리고 술잔 속에도, 그리고 우리들의 마주보는 미소 속에서도.

솔솔거리며 찾아오는 것

그것도 삼복 중인데 어찌 덥지 않겠는가

나야 뭐 뒹굴거리고 있다가 잠시 꼼지락거리기만 해도

줄줄거리는 땀으로 뒤범벅인데

노동으로 땀 흘리는 이들 가히 견디기 힘든 날들일 것이다

이제 간편한 옷들이 많이 생겨서

옛날 옷들 잘 꺼내 입지 않는다

생전의 아버지 입던 옷들 줄여서 어머니가 만들어준

옷들 낡기도 해서 많이 없앴지만 아직 남아 있는 것도 많다

그것들 꺼내서 모처럼 찹쌀풀을 쒀서 풀 먹였다

그러지 않아도 더운데 불 앞에 앉아 일을 하려니

쏟아진다

조금 말렸다가 걷어서 옷을 개어 방바닥에 놓고

지근지근 조근조근 작신작신 늑신늑신

밟고 다듬다가

다시 빨랫줄에 널어 바짝 말렸다

이리 단장을 하고 뉘 잔칫집으로 발길을 놓을까나

옷가지들 풀을 먹이고 남는 풀로

작년에 몇 번 덮지 않아서 그냥 넣어둔 생모시 홑이불

꺼냈더니 역시 눅눅하고 냄새도 좀 난다

후루룩 빨아서 남은 풀에 넣고 쪼물락 쭈물락

반쯤 말린 이불 걷어서 밟다가 다시

고실고실 생모시 이불,

어렸을 때는 풀을 먹인 그 깔끄러운 촉감이 싫었다

외할머니가 덮어주면 손사래를 치며 발길질을 해서 걷어차버렸는데

지금은 그런 깔깔한 느낌이 좋아졌다

나이 탓일 거다

이렇게 나이를 닮아간다고 생각하니

......

대돗자리 깔고 죽부인 끼고 대나무 베개를 베고 누워

살랑살랑~

부채를 부치며 시집을 읽다 보면

솔솔거리며 찾아올 것이다

다디단 낮잠 한숨

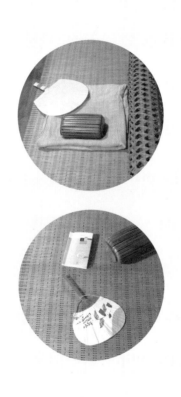

작가의 말

　마감도 다 지나고 교정도 다 보고 난 어느 날 우리들은 또 모였다. 지리산 해발 750미터에 있는 심원마을에. 지난겨울 우리가 갔을 때 다섯 마리의 새끼를 품안에 끼고 있던 하얀 개 꽃님이도 혼자가 되어 있었다. 꽃님이도 나처럼 아이들을 다 떠나보내는 중년의 엄마였던 거다. 언제나 우리를 반겨주시는 심원마을 구초가집 백 여사는 똑같은 솜씨로 갖은 나물과 청국장 그리고 능이백숙과 닭숯불구이를 만들어주셨다. 그날은 사슴 같은 버들치 시인, 괜찮어, 아 괜찮다니까 하는 최도사, 맏언니 같은 J, 아그네스 발차 같은 가수 진진, 혜성같이 나타나 우리의 영혼을 찍어버린 사진작가 숯팁에게 내가 술과 고기를 내는 날이었다. 내 고마움과 우정을 그렇게라도 표현하고 싶었다. 욕심 없는 나의 친구들…… 그래서 떠올리면 괜스레 이 거대한 도시 한 가운데서 나에게 눈물 나게 하는 내 친구들…… 하지만 그렇다고 고마움이 사라진 것은 아니었다. 언제나 고마움보다 조금 더 큰 그리움도 말이다.

이 글의 시작은 조금 특이했다. 버들치 시인이 쓰러졌다는 소식을 들었던 것이다. 스트레스로 인한 심장 발작으로 시인은 아주 위험한 지경에 이르렀고 심장 수술을 받아야 한다고 했다. 그리고 아시다시피 그 가격이 만만치 않았다. 평소에 "혼자 살던 내가 갑자기 죽어도 아무에게도 폐를 끼치지 않기 위하여 관값 200만 원을 통장에 넣고 있다"를 인생의 슬로건으로 삼은 시인이(대개 그의 통장 잔고는 이보다 모자라지만 혹시 넘치기라도 하면 그는 다 기부한다고 했다) 그 돈이 있을 리 없었다. 여러 출판사에서 산문집을 계약하자고 해도 시집이 나온 지 얼마 되지 않았으므로 싫다며 고집을 꺾지 않고 있었다. 누가 시인에게 "쳇, 시도 못 쓰는 인간들이 시인이라는 이름 달고 산문으로 돈이나 벌고"하며 비아냥거리는 데 충격을 받은 이후였다. 그런 것에는 신경을 쓰지 말라고 해도, 만일 그게 나라면 나는 소설은커녕 산문 한 줄도 못 쓰고 벌써 말라 죽었을 거라고 이야기해도 소용없었다. 하는 수 없이 나도 모르게 이렇게 말하고 말았다.

"그럼 나한테 요리 좀 해줘봐. 내가 쓸게."

우선 계약금과 고마운 분들의 도움으로 시인은 심장 시술(예전에는 수술을 하던 것을 요즘은 시술로 한다고 한다)을 무사히 마쳤고 아름답고 맛있는 요리들을 하기 시작했다. 이 책의 인세를 그와 함께 나누는 것은 물론이다. 많이 팔아주시라 꾸벅!

그의 요리를 먹은 후(어쩌면 내 나이 탓도 있겠지만) 나의 밥상도 변하기 시작했다. 소박한 것이 점점 좋아진 것도 그와 1년을 함께 한 탓이리라. 오늘 나는 찻물을 우리고 밥을 말아서 들기름에 볶은 김치랑 단출히 아침을 먹는다. 땅에 뿌리박은 모든 것들은 땅에서 길어 올린 것들을 도로 내놓고 땅으로 돌아간다. 세상에서 제일 강한 사람은 모든 것을 버린 사람이다. 세상에서 제일 무서운 사람은 아무것도 욕심내지 않는 사람이다. 그런 의미에서 나는 이 책을 쓰는 1년 동안 세상에서 제일 무서운 사람들과 함께했다.

　오늘 새벽 미사를 다녀오는데 바람이 홀연 차고, 나뭇가지들
에 달린 잎새들이 올가을 들어 처음 와드득와드득 떨었다. 깊은
가을 내 나이…… 나쁘지 않다.
　〈악양편지〉 카페에 있는 자신의 글을 쓰도록 허락해준 박남준
시인과 혹시 오늘도 혼자 밥을 먹는, 모든 쓸쓸하고 서러운 이들
에게 이 책을 바친다.

2016. 10. 10.

공 지 영

사진 저작권(숫자는 본문 페이지)

• 박남준 : 39, 54, 62, 87, 88, 119, 121, 142~144, 152, 165, 179, 195~197, 216, 217, 220, 221, 228, 230, 238, 240, 241, 273~275, 299, 320~322 • 스티브 : 10~18, 21, 32, 40, 50, 64, 70, 71, 74~76, 90~97, 105, 117, 122, 131~133, 146, 168~176, 188, 198, 218, 219, 222, 244~252, 257, 266, 269, 276, 282, 283, 288, 289, 296, 297, 300, 305, 308, 311, 314, 317 • 한겨레신문사 박미향 : 213 신소영 : 25, 28, 34, 98, 102, 108, 113, 127, 134, 183, 202, 203 탁기형 : 46, 47, 57, 80, 151, 161

시인의 밥상

© 공지영

초판 1쇄 인쇄 2016년 10월 21일
초판 1쇄 발행 2016년 10월 26일

지은이 공지영
펴낸이 이기섭
편집인 김수영
기획편집 김준섭
마케팅 조재성 정윤성 한성진 정영은 박신영
경영지원 김미란 장혜정

펴낸곳 한겨레출판㈜ www.hanibook.co.kr
등록 2006년 1월 4일 제313-2006-00003호
주소 121-750 서울 마포구 효창목길 6, 한겨레신문사 4층
전화 02) 6383-1602-1603
팩스 02) 6383-1610
대표메일 munhak@hanibook.co.kr

ISBN 979-11-6040-017-5 03810